Les Six Compagnons et la bouteille à la mer

Le texte de la présente édition a été revu par l'éditeur.

Hachette Livre, 43, quai de Grenelle, 75015 Paris.

Paul-Jacques Bonzon

Les Six Compagnons et la bouteille à la mer

hachette
JEUNESSE

Tidou

Malin, perspicace, sensible... Tidou, c’est le héros ! Inséparable de son chien, Kafi, il est aussi particulièrement proche de Mady, avec qui il s’entend à merveille et qu’il comprend à demi-mot...

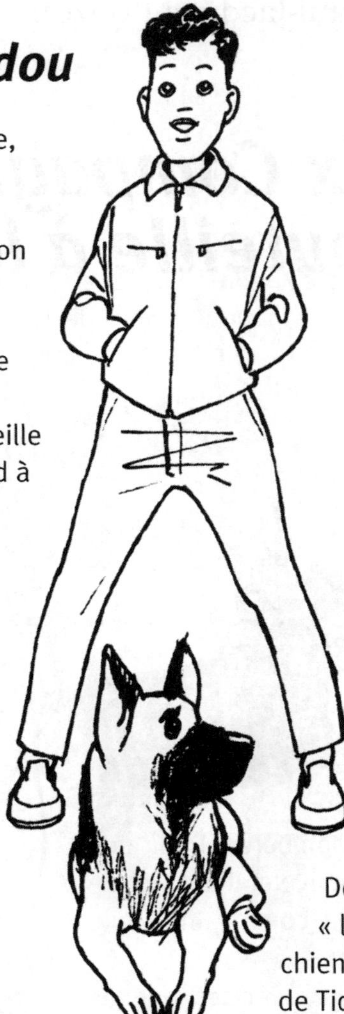

Kafi

De l’avis général, « le plus beau des chiens » !... Meilleur ami de Tidou, mascotte de la bande, c’est surtout un chien policier au flair infaillible.

Gnafron

À cause de sa taille,
les autres le traitent de
« petit »... N'empêche,
il est aussi le plus décidé !
Avec ses idées géniales
et sa tignasse hérissée,
il ne manque jamais de
faire rire ses camarades
des Six Compagnons !

Le Tondu

Jamais sans son béret ! Petit, une maladie l'a rendu chauve et il a honte de son crâne qui brille comme une boule de billard. Sa timidité le rend un peu froussard, pourtant, avec ses longues jambes, il est le plus fort de la bande.

Bistèque

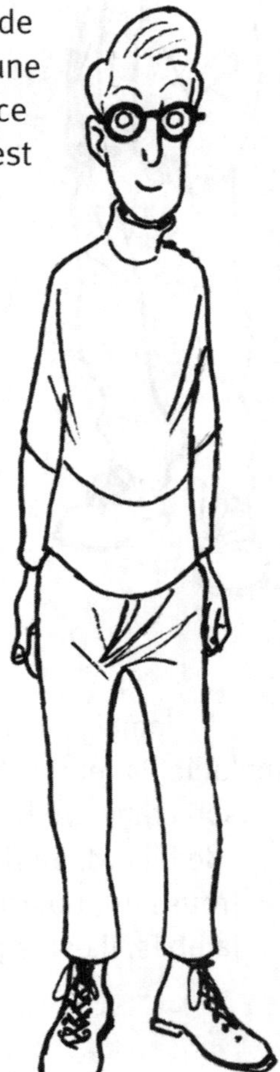

De son père, commis-boucher, il a hérité de vrais talents de cuisinier... et d'une certaine tendance à rouspéter ! C'est un passionné d'aviation, qui rêve de grands voyages : impossible de le faire tenir en place !

Corget

Le chef des « Gros-Caillou ». Parfois réservé, il est surtout un ami sincère et fidèle. D'ailleurs, quand il faut passer à l'action, c'est toujours lui le plus courageux.

Mady

La seule fille de la bande.
Les garçons feraient tout pour elle !
Gentille, simple et très franche,
elle fourmille d'idées ingénieuses.
Sans son aide, ses amis des Six
Compagnons auraient parfois
du mal à se tirer d'affaire !

chapitre 1

Huit cent trente kilomètres

Dans la fameuse « caverne » de la Rampe des Pirates, le lieu de rendez-vous des Compagnons de la Croix-Rousse, Tidou déploya une carte routière et l'étala sur le sol.

— Regardez ! On a presque toute la France à traverser avec nos mobylettes ! C'est de la folie ! Il faudrait quatre ou cinq jours à l'aller, et autant pour le retour.

— C'est loin, d'accord, reconnut Mady, la seule fille de la bande, mais ça vaut la peine. Il paraît que la Manche, avec ses marées, est très différente de la Méditerranée. On vient de travailler un mois pour gagner un peu d'argent, on a bien mérité quelques vacances. Et puis rien ne

presse : il reste plus de trois semaines avant la rentrée[1].

Et, se tournant vers le Tondu :

— Qu'est-ce que tu en penses, toi ?

Le Tondu, qui portait bien son nom puisqu'une maladie d'enfance lui avait laissé le crâne lisse comme un œuf, approuva. D'ailleurs, ce n'était pas par hasard que Mady s'était adressée à lui : neuf fois sur dix, il partageait son avis !

— Moi, répondit-il vivement, je trouve que c'est jouable. Tout est possible dans la vie, si on y croit ! Et pour une fois qu'on nous offre une villa !… J'ai calculé la distance : huit cent trente kilomètres.

— Huit cent trente ! s'exclama Bistèque. Tant que ça ! Tidou a raison, il faut être dingue pour se lancer dans un tel voyage.

— Pourquoi ? reprit Mady. En parcourant deux cents kilomètres par jour, on n'aura que trois nuits de camping.

— Trois nuits ? coupa la Guille, le rêveur de l'équipe, qui, pour une fois, pensait avoir suivi le débat avec attention. Tu comptes mal, Mady.

---

1. Dans les années 1960, l'époque où se déroule cette histoire, la rentrée scolaire avait lieu mi-septembre.

Deux cents kilomètres par jour, pour huit cents trente kilomètres, ça fait quatre nuits.

— Mais non : la quatrième, on sera arrivés.

— Exact, acquiesça Gnafron, un garçon de petite taille, à la tignasse noire embroussaillée. Mais par où passer ? Les nationales sont dangereuses à la fin du mois d'août, avec tous ces vacanciers qui rentrent.

— J'ai étudié l'itinéraire, assura le Tondu. On prendra les petites routes moins fréquentées.

Malgré quelques hésitations, tout le monde était finalement partant pour le projet. C'était Mady qui avait eu cette idée, en juin, avant les grandes vacances. Au départ, sa proposition n'avait pas eu beaucoup de succès. Mais elle avait su attendre le bon moment pour en reparler. Les parents d'une de ses voisines, Cécile, qui avait déjà dix-huit ans et venait de rater son bac, possédaient une villa au bord de la Manche, dans la presqu'île du Cotentin, plus précisément à Saint-Waast-la-Hougue, un petit port de pêcheurs. C'était loin de Lyon mais la mère de Cécile y était née et elle tenait à y retourner chaque année, pendant les mois de juillet et d'août. Début septembre, Cécile et son frère Hervé, seize ans, restaient seuls à Saint-Waast, où ils invitaient leurs meilleurs copains. Et Cécile avait proposé à Mady de venir avec ses cinq inséparables compagnons ! La villa était grande. Il y aurait de la place pour tout le monde en utilisant le grenier.

Il fallait donc prendre une décision. Quand Mady demanda à ses amis de lever la main pour savoir qui approuvait le projet, cinq doigts se levèrent. Seul Tidou n'avait pas bougé. Pourtant il brûlait d'envie de partir lui aussi.

— Qu'est-ce qu'il y a, Tidou ? questionna Gnafron. Tu ne te sens pas capable de faire huit cents kilomètres en mob ?

— Moi, si, mais Kafi ? C'est trop loin… et je ne veux pas le laisser ici.

En entendant son nom, le chien de Tidou avait dressé les oreilles. Kafi était un splendide chien-loup, un berger allemand, au poil noir et fauve, un animal doux comme un agneau mais qui pouvait se montrer féroce pour défendre son maître… ou plutôt ses maîtres car, en fait, toute la bande l'avait adopté. Dressé comme un chien policier, il était capable de suivre n'importe quelle piste grâce à son flair extraordinaire. Souvent, les Compagnons avaient hésité à l'emmener, à cause de sa taille. Il pesait lourd dans la remorque attachée à la mobylette de son maître mais finalement, Kafi avait été de tous les voyages, même s'il ralentissait la cadence.

Aujourd'hui, le problème était plus compliqué. La distance était vraiment trop longue. À cause du chien, il faudrait certainement prévoir une étape de plus, ce qui raccourcirait les vacances.

— Non, conclut Tidou, ce n'est pas raisonnable. Je préfère rester à Lyon. Vous vous débrouillerez sans moi.

Les cinq autres Compagnons poussèrent un « oh » de protestation. Sans Kafi et Tidou, le projet perdait de son charme…

— Allez, insista Mady, il faut que vous veniez ! Pour ne pas user ton moteur, on traînera ton chien chacun notre tour.

Et, au Tondu, le mécanicien de l'équipe :

— Tu aurais le temps de fixer des crochets à l'arrière de nos porte-bagages ?

— Évidemment ! répondit le Tondu avec enthousiasme.

Et, sautant de joie en pensant que les Six Compagnons, au complet, prendraient le départ, il arracha le béret qui recouvrait en permanence son crâne nu et le lança au plafond en hurlant :

— FORMIDABLE !… Tous à la mer !

Aucun autre problème n'était plus complexe. La distance [illegible] était longue. À marche [illegible], il faudrait au moins [illegible] ce qui [illegible] de plus, ce qui [illegible] les [illegible]. [illegible] Lyon. Vous [illegible] [illegible].

Les cinq autres Compagnons [illegible] protestation. Sans [illegible] Tibor, le [illegible] de son chapeau.

— Alors, insista Tibor, il faut que [illegible] Pour ne pas [illegible] un moment, [illegible] chacun notre tour.

Et, au fond, [illegible] le temps de [illegible] l'affaire de [illegible].

— [illegible] répondit [illegible] avec enthousiasme.

Et [illegible] de joie, en pensant que les Compagnons, au complet, [illegible] le [illegible] qui [illegible] en permanence [illegible].

FORMIDABLE ! [illegible]

chapitre 2

Une bouteille à la mer

— Debout là-dedans ! cria Tidou. Sinon, j'ordonne à Kafi de vous tirer de vos sacs.

Un à un, les Compagnons s'arrachèrent à leur sommeil et sortirent de leurs sacs de couchage comme les papillons de leur cocon. Pour bien se réveiller, ils descendirent en bas du pré faire leur toilette au bord d'un ruisseau. Fatigués par deux cent soixante kilomètres de route (ce qu'ils n'avaient encore jamais fait), ils avaient dressé leur tente dans une prairie, au milieu des vaches, et avaient tous dormi comme des loirs.

Ils avaient prévu de mettre cinq jours, à cause de Kafi mais, grâce au beau temps et au bon état des routes du centre de la France, aucune mobylette n'était tombée en panne. Même pas une crevaison ! Ils étaient donc en avance sur leur programme. En quittant Vire, une petite ville normande réputée pour son beurre, où ils venaient de camper pour la dernière fois, ils espéraient arriver à Saint-Waast avant la fin de matinée.

— Oui, affirma le Tondu après avoir avalé son chocolat au lait chauffé sur le camping-gaz, si on n'a pas d'ennui, on sera là-bas vers midi. Une demi-journée de gagnée. Tu vois, Tidou, toi qui avais des doutes !

Le petit déjeuner terminé, la vaisselle rangée dans les sacoches, Kafi réinstallé dans sa remorque (où il trouvait le temps long), la bande se remit en selle. À neuf heures, elle traversait Saint-Lô, la préfecture de la Manche, trois quarts d'heure plus tard, la petite ville de Carentan. Enfin, à onze heures dix, le groupe pénétrait dans Saint-Waast où il découvrait la mer.

— Mady, tes copains vont être surpris de nous voir débarquer si tôt ! s'exclama la Guille.

Avant son départ, Cécile avait décrit la maison à Mady. « Les Hortensias » se trouvait à l'écart du village sur la route de Barfleur, c'était une villa ocre, avec un jardin où fleurissaient de magnifiques hortensias. Ils la découvrirent faci-

lement. La clôture n'était pas verrouillée, mais ils trouvèrent porte close.

— Ils ne nous attendaient pas si tôt, jugea le Tondu. Ils ont dû partir en balade. Regardez, ils ont pris leur voiture et laissé la porte du garage ouverte. Est-ce que Cécile sait conduire ?

— Oui, répondit Mady. Elle a passé son permis juste avant les vacances. Ses parents ont une petite voiture qui reste ici toute l'année, et qu'ils utilisent quand ils viennent en train.

— Alors, demanda Bistèque, qu'est-ce qu'on fait ? Moi, je propose de manger d'abord. Mais on n'a pas racheté de provisions, il faudrait se dépêcher : les magasins vont fermer pour le déjeuner.

Tidou réfléchit.

— Et si, pour une fois, on allait au restaurant ? Un bistrot pas cher et sympa ? Ça nous changerait des pâtes, des œufs durs et du saucisson !

— Formidable ! s'écria le Tondu. Pour fêter notre arrivée, je commanderai du poisson fraîchement pêché ! Laissons nos mobylettes dans le jardin. Comme ça, Hervé et Cécile sauront qu'on est déjà là.

Les véhicules déposés contre le mur du garage, ils revinrent vers le centre du village. Sur le quai, Gnafron repéra tout de suite un café surmonté d'une enseigne : le Phare. Le menu n'était pas trop cher… mais il n'y avait pas de poisson, seulement des crevettes grises en entrée.

Dans une grande salle, cinq ou six tables recouvertes de nappes en papier étaient réservées au coin repas. Le bar était bruyant, animé par les discussions des pêcheurs, tous coiffés de la même casquette bleu marine à visière noire et courte. Les Compagnons se serrèrent autour d'une petite table. Ils étaient les seuls à déjeuner. Une jeune serveuse rousse, au visage un peu rouge, leur apporta d'abord les crevettes grises, avec du pain et du beurre. Les cinq amis dévorèrent leur plat mais ils pouvaient à peine s'entendre dans le vacarme ambiant. Une douzaine de marins-pêcheurs attablés devant des verres de cidre paraissaient très excités. Ils discutaient si fort, qu'ils semblaient presque se disputer. À un moment, l'un d'eux se leva et hurla :

— Non, ça ne peut pas durer ! Le gouvernement doit faire quelque chose ! Si ça continue, on sera tous obligés de vendre nos bateaux. S'il le faut, j'écrirai au ministre !

Le jeune marin se rassit et la discussion reprit avec autant d'énergie.

— Excusez-les, dit la serveuse en apportant le steak-frites du menu, ils sont furieux.

— Pourquoi ? demanda Mady.

— On ne comprend pas ce qui se passe : depuis le printemps les poissons désertent la côte.

— À cause de la pollution ? questionna Tidou.

— Non, la mer est propre. Personne ne peut expliquer le phénomène. Même le hareng a disparu, alors qu'il est très abondant à cette époque... et pourtant, juste de l'autre côté de la Manche, les Anglais font des pêches miraculeuses.

Et la serveuse ajouta, comme pour s'excuser :

— C'est pour ça qu'il n'y a plus de poisson sur la carte ; ce plat est devenu beaucoup trop cher.

Tout en mangeant, les Compagnons continuèrent d'écouter les pêcheurs, puis ceux-ci se levèrent et s'en allèrent sur le quai en protestant encore contre la malédiction qui s'acharnait contre eux.

La salle redevenue calme, la bande dégusta tranquillement son steak-frites et, en dessert, une glace à la crème, pendant que Kafi liquidait des restes dans une gamelle. Mady, la trésorière des Compagnons, régla l'addition et tous retournèrent à la villa. Le garage était toujours vide, la porte d'entrée fermée.

— Cécile et Hervé sont sans doute allés déjeuner quelque part, dit la Guille. Ils rentreront dans le courant de l'après-midi. Si on allait faire un tour sur la plage ? Ça nous dégourdirait les jambes.

Ils retournèrent sur le quai et aperçurent un bout de terre en face d'eux, où s'élevaient quelques bâtiments.

— L'île de Tatihou, leur expliqua un passant qui n'avait pas l'air d'un marin.

— Une île ? reprit Bistèque. On peut y aller à pied ?

— Oui, à marée basse. Vous avez encore le temps d'en faire le tour.

— Bonne idée ! s'écria Mady avec enthousiasme.

Ils parcoururent un passage étroit, formé de sables mouillés où coulaient, de part et d'autre, les filets d'eau. Il n'y avait rien de particulier sur l'île, à part les constructions légères des clubs de vacances déjà fermées. Les Compagnons découvrirent pourtant une belle plage bien abritée et s'assirent sur le sable chaud et sec. Un gros navire, au large, glissait sur les flots. Un pétrolier, reconnaissable à son « château » situé à l'arrière, qui revenait sans doute du Havre et s'apprêtait à doubler la pointe de Barfleur. Au sud, Mady repéra deux silhouettes, presque côte à côte, qu'elle prit aussi pour des bateaux. Elle s'aperçut vite qu'elles ne bougeaient pas et demanda :

— Qu'est-ce que c'est ?

Tidou n'avait pas sa carte sous la main, mais il l'avait bien étudiée. Il expliqua :

— Deux petites îles mais je ne me souviens plus de leur nom.

Il faisait bon sur le sable chaud que Kafi grattait furieusement, à la recherche de ces petits crustacés qu'on appelle « puces de mer ». Les six amis, silencieux, regardaient la marée monter lentement quand Gnafron désigna du doigt un minuscule objet ballotté par les vagues, et qui se rapprochait lentement.

Curieux de savoir ce que c'était, tous se levèrent et descendirent jusqu'au bord de l'eau qui venait se répandre sur le sable en longues franges d'écume blanche.

— Oui, je vois, confirma Mady. On dirait une bouteille, le goulot en l'air.

Et, se tournant vers Tidou :

— Demande à ton chien d'aller la chercher à la nage !

Kafi, qui adorait l'eau, se jeta aussitôt dans les vagues, moulina des pattes en direction de la bouteille, et la rapporta à son maître, tout joyeux, l'air de dire : « Relance-la, je retournerai la chercher. » C'est ce que fit Tidou. Trois fois de suite, Kafi fendit joyeusement les flots et ramena la

bouteille. Tidou allait la jeter une quatrième fois quand Gnafron l'arrêta :

— Eh ! Montre-moi cette bouteille.

C'était une bouteille en verre jaune, d'un litre environ, et bouchée par un lambeau de tissu bien serré. Gnafron la retourna pour regarder le fond. Quelque chose était écrit en relief sur le verre :

ALTENBURG.

— De l'allemand, dit le Tondu, probablement le nom de l'usine où elle a été fabriquée. Cette bouteille vient de loin…

— Peut-être pas, rétorqua Tidou. Les Allemands ont occupé cette côte pendant la Deuxième Guerre mondiale, je te rappelle. On doit trouver encore des tas d'objets datant de cette époque.

— Des tas, c'est beaucoup dire, réagit Bistèque. Les plages ont été nettoyées après le débarquement des Alliés. Et c'était il y a longtemps…

Kafi demandait encore à retourner dans l'eau, alors Gnafron s'apprêta à relancer la bouteille quand Mady s'écria :

— Oh ! On dirait qu'il y a quelque chose à l'intérieur… Un bout de papier… ou du tissu !

— C'est vrai, reconnut la Guille.

Il la souleva à hauteur d'yeux pour la regarder en transparence et constata qu'elle contenait en effet quelque chose. Gnafron eut beaucoup de mal à retirer le morceau de tissu enfoncé dans le goulot. L'opération suivante était encore plus délicate.

— Il faudrait un fil de fer, suggéra le Tondu. Attendez, je vais essayer de trouver ça.

Il chercha aux alentours, dans le sable, puis dans les dunes. Finalement, il découvrit une aiguille à tricoter. Habilement, Mady réussit à extraire le bout de textile qui était sec. Elle l'étala avec ses deux mains et ses amis se penchèrent sur son épaule. Ils déchiffrèrent facilement les quelques mots tracés grossièrement au charbon de bois :

S.O.S. ST MARCOUF

Tous se regardèrent, intrigués. Mais soudain, Tidou se frappa le front.

— Saint-Marcouf !... Oui, je m'en souviens, maintenant. Ce sont les deux petites îles qu'on aperçoit là-bas. Quelqu'un serait en détresse ? Emportons cette bouteille et filons à la villa. Hervé et sa sœur sont certainement rentrés... Ils pourront peut-être nous renseigner !

chapitre 3

Les bottes

La bouteille à la main, les deux bouts de chiffon dans sa poche, Tidou entraîna ses amis. Il eut bien raison de se dépêcher. L'eau envahissait déjà le passage qu'ils durent traverser dans un courant marin qui leur montait à mi-mollet. Quelques minutes de plus et il aurait fallu attendre pendant plus de six heures la marée basse suivante.

Remontés sur le quai, ils tournèrent aussitôt à droite vers la route de Barfleur.

— Oui, ils sont rentrés ! s'écria Mady en montrant une voiture rouge devant la villa.

Elle traversa le jardin en courant et, sur le seuil de la porte, reconnut sa voisine de la Croix-Rousse.

— C'est vraiment sympa, Cécile, de nous avoir invités ! s'écria-t-elle en allant l'embrasser. Saint-Waast a l'air génial. On est là depuis midi. On vient juste de faire un tour dans l'île de Tatihou.

— Depuis midi ? répéta Cécile. Je ne pensais pas que vous arriveriez si tôt !

Elle n'était pas beaucoup plus grande que Mady malgré ses dix-huit ans. Sa longue et épaisse chevelure blonde était nouée par un ruban, elle avait des yeux bleus et le visage bronzé.

— On ne vous attendait que dans la soirée.

Puis se tournant vers le fond de la maison :

— Hervé, viens ! Ils sont là !

Derrière elle, s'avança un garçon qui la dépassait d'une tête, moins blond qu'elle mais encore plus bronzé et dont l'allure sportive était très séduisante. Mady prit la parole :

— Je vous présente les Compagnons : Tidou, le chef de la bande – il vient de Provence, comme vous l'entendrez à son accent ; la Guille, un virtuose de l'harmonica, Gnafron, toujours très bien peigné, Bistèque, notre chef-cuistot, le Tondu… et enfin Kafi, le chien de Tidou, mais le nôtre aussi. Il a fait tout le voyage dans cette remorque !

Des poignées de main s'échangèrent et, d'une façon plutôt comique, Kafi tendit sa patte à Cécile, intimidée par la taille de l'animal. Elle se décida tout de même à lui donner une tape amicale.

À son tour, Hervé s'excusa :

— C'est vrai, on ne pensait pas que vous seriez là si tôt. On était allés déjeuner chez notre cousine à Cherbourg. L'occasion rêvée pour ma sœur de prendre le volant. Elle est tellement fière d'avoir eu son permis du premier coup. Hein, Cécile ?

Puis, toujours sur le ton de la plaisanterie, il ajouta, en montrant la bouteille que Tidou tenait :

— Qu'est-ce que c'est ? Vous apportez à boire ? Tu sais, il y a ce qu'il faut pour se rafraîchir à la cuisine !

— En fait, commença Tidou, cette bouteille nous intrigue. Elle flottait sur la mer. Kafi est allé la chercher à la nage.

Hervé sourit de cette trouvaille qui n'avait vraiment rien d'extraordinaire, mais Tidou ajouta, en fouillant dans sa poche :

— Ce n'est pas une simple bouteille. D'abord, elle a été fabriquée en Allemagne. Ensuite, elle était bouchée par ce tissu. Et à l'intérieur, il y avait cet autre morceau de tissu avec une inscription. Regarde !

Comme les Compagnons tout à l'heure, Hervé et Cécile déchiffrèrent les mots : *S.O.S.*

ST MARCOUF, presque effacés maintenant, le charbon de bois s'étant réduit en poussière dans la poche de Tidou.

— Les îles Saint-Marcouf, demanda Mady, ce sont bien les deux petites îles qui ressemblent à des bateaux, au sud de Saint-Waast ? Elles sont habitées ?

— Non. Pendant la guerre, les Allemands ont occupé les anciennes fortifications de la plus grande, mais personne n'y vit… à part les lapins ! D'ailleurs, c'est difficile d'y accoster.

Et Hervé ajouta, presque moqueur :

— Ne me dites pas que vous êtes si naïfs ! Vous ne croyez quand même plus aux bouteilles à la mer ! Cette bouteille date peut-être de la Deuxième Guerre mondiale, mais le message n'est qu'une blague… sans doute des gamins en colonie de vacances à Tatihou la semaine dernière.

— Tu crois ? questionna le Tondu. Pourtant cette bouteille n'était pas sur la plage ; elle flottait et venait du sud, du côté des îles.

— Et puis, ajouta Mady, regardez les deux bouts de tissu, ils se complètent pour former un carré, probablement un mouchoir. Les gamins n'utilisent que des mouchoirs en papier, de nos jours.

La remarque de Mady frappa Cécile qui se tourna vers son frère.

— Après tout, c'est peut-être vrai. Personne ne va jamais dans ces îles à cause de leur accès difficile, mais un naufragé y a peut-être échoué. Si on prévenait la gendarmerie ?

Hervé prit un air sceptique.

— Les gendarmes se moqueront de nous. Je ne tiens pas à passer pour un fou…

Il fronça les sourcils, regarda sa montre et reprit :

— Après tout, il n'est que quatre heures. Plutôt que d'aller à la gendarmerie, si vous n'êtes pas trop fatigués, on pourrait naviguer autour des îles.

Les Compagnons ouvrirent des yeux étonnés.

— Avec quel bateau ?

— Le nôtre, un vrai bateau à quille avec un moteur dans la cale et une petite cabine à l'avant. Je peux le piloter. J'ai mon permis depuis cet été. Mon père m'autorise à le prendre. Il peut porter cinq cents kilos, mais il faudra se serrer.

— D'ailleurs, tout le monde n'est pas obligé de filer là-bas, intervint Cécile. Mady, ça fait longtemps qu'on ne s'est pas vues. Tu ne voudrais pas rester ici pour discuter ?

Mady n'osa pas refuser. Elle était pourtant aussi intriguée que ses amis, et aurait aimé voir ces îles de plus près.

Les garçons partirent donc seuls, avec Kafi que Tidou hésita à prendre de peur que son chien n'ait le mal de mer. Mais la mer était calme.

— Voici notre canot, dit Hervé quand ils arrivèrent au port.

Parmi les barques de pêche obligées de rester à quai, et quelques autres embarcations de plaisance, il désigna un canot blanc à bande bleue, fraîchement repeint, très sobre et très élégant. La mer était haute maintenant ; tous les bateaux flottaient.

— C'est le bon moment, jugea Hervé. Suivez-moi sur cet escalier, mais attention, les marches sont glissantes.

À l'aide d'un long piquet, il tira le *Chahuteur* (c'était le nom du canot) contre l'escalier et sauta à bord. Il tendit ensuite la main aux Compagnons. Kafi, lui, sauta d'un bond sur le bateau. Hervé s'installa derrière le volant et appuya sur le bouton du démarreur. L'eau bouillonna pendant quelques instants. Puis le bateau quitta le quai sous le regard de quelques pêcheurs, enviant ce petit groupe de partir en mer alors qu'eux-mêmes devaient rester à quai…

— Personne n'a le mal de mer ? demanda Hervé quand le canot aborda la pleine mer et prit son allure de croisière. De toute façon, le *Chahuteur* ne chahutera pas aujourd'hui, la mer est toute lisse.

Et il ajouta :

— Regardez le compteur ! Vingt nœuds : plus de trente-cinq kilomètres à l'heure. On sera vite là-bas.

Pour l'instant, ils n'avaient rien d'autre à faire que discuter.

— Vous avez vu, tout à l'heure, ces marins sur le quai, dit Hervé. Ils sont déprimés depuis le printemps. De Barfleur jusqu'à Grandcamp, de l'autre côté de la baie des Veys : il n'y a plus de poisson.

— On sait, répond Bistèque. À midi, au café, ils étaient une douzaine à en parler. Certains étaient même furieux. D'après toi, à quoi est due cette disparition du poisson ?

— Je ne sais pas. Personne n'y comprend rien. Sept ou huit pêcheurs sont déjà au chômage. Ils ont revendu leurs bateaux pour une bouchée de pain. Pendant ce temps, de l'autre côté de la Manche, les Anglais, eux, ramassent tout ce qu'ils veulent dans leurs filets.

Pendant ce temps, la coque blanche du *Chahuteur* fendait la mer. Peu à peu les îles se rapprochaient. Bientôt, elles ne furent plus qu'à quelques encablures. Hervé réduisit la vitesse et expliqua :

— On ne peut aborder qu'à un seul endroit… et encore, seulement quand la mer est calme.

Le *Chahuteur* contourna la plus grande des deux îles, dominée par des fortifications, puis il s'avança vers une petite crique de quelques mètres de large seulement. Hervé vira bord sur bord pour présenter le canot par l'arrière et, lentement, il se rapprocha du fond de la crique. En bon marin, il mit pied à terre le premier et attacha solidement l'embarcation.

— Grimpons d'abord à la forteresse, dit-il, de là-haut on peut voir presque toute l'île.

Depuis les remparts, les mains en porte-voix, ils appelèrent aux quatre coins de l'horizon. Aucune réponse.

— Vous voyez, fit Hervé, personne. J'étais sûr qu'il s'agissait d'une blague.

— À moins, reprit Bistèque, que l'inconnu n'ait plus la force de crier… ou pire : qu'il soit mort.

Hervé sourit, mais Tidou avait toujours dans sa poche les débris du mouchoir trouvé dans la bouteille. Il appela son chien et lui fit sentir le

morceau qui portait le message. Kafi le flaira avec insistance.

— Cherche ! lança alors Tidou, cherche !…

Le museau au ras du sol, l'animal se mit à la recherche d'une piste. Il se promena d'abord dans les fortifications et s'arrêta dans un creux de muraille. Puis il longea les remparts et s'attarda à un certain endroit en battant de la queue. Là non plus, il n'y avait rien d'autre que de l'herbe foulée.

— Cherche encore, Kafi ! Cherche plus loin.

Le chien entraîna alors ses maîtres sur la partie plate de l'île et renifla les restes d'un feu de bois. Il tourna plusieurs fois autour des cendres et des branchages brûlés, puis releva la tête, l'air de dire :

— Il s'est passé quelque chose là.

Pour Tidou, ce fut une révélation. La bouteille avait bel et bien été lancée de cette île. L'inconnu avait probablement allumé ce feu pour signaler qu'il était en difficulté. Ne voyant aucun secours arriver, il avait déchiré son mouchoir, écrit un message avec un bout de charbon de bois et introduit son S.O.S. dans une vieille bouteille allemande datant de la guerre.

Cette fois, Hervé n'eut plus envie de rire. Il dit seulement à Tidou :

— Tu es sûr du flair de ton chien ?

— Sûr et certain. Il ne s'est jamais trompé. Le propriétaire du mouchoir est venu ici… et c'est lui qui a jeté la bouteille à la mer. On va voir où nous mène Kafi.

Kafi était têtu – une grande qualité, pour un chien policier. Quand la piste s'embrouillait, il voulait quand même aller jusqu'au bout. Après avoir de nouveau exploré les remparts, il fila, la truffe toujours au ras du sol, vers le point de l'île du Large le plus rapproché de l'île de Terre.

— Bizarre ! fit la Guille. Est-ce que l'inconnu aurait essayé de rejoindre l'autre île à la nage ? C'est vrai qu'elle est plus proche de la côte… Il faut aussi la visiter.

— Impossible ! déclara Hervé, même à marée haute la quille du *Chahuteur* risquerait de cogner quelque chose dans la mer.

— Alors, proposa le Tondu qui maîtrisait bien le crawl, si j'essayais moi-même ?

— Non, coupa Hervé, c'est trop dangereux. Le courant risquerait de t'emporter… et puis tu n'es pas encore habitué à l'eau froide de la Manche… mais on peut au moins faire le tour de l'îlot avec le canot. On verra bien s'il y a quelqu'un.

Quelques instants plus tard, le *Chahuteur* commençait le tour de l'île à faible allure, pour leur permettre de bien observer. Il allait doubler un petit cap, à l'ouest, c'est-à-dire à l'endroit le plus proche de la côte, quand Bistèque tendit le doigt en s'écriant :

— Regardez !… Juste au bord de l'eau, deux trucs noirs. Qu'est-ce que c'est ?

Hervé ralentit le moteur et les Compagnons écarquillèrent les yeux.

— Rapproche-nous, demanda Tidou à Hervé. On verra mieux.

Hervé s'exécuta, tout en restant à une certaine distance.

— On ne voit toujours pas ce que c'est, constata la Guille. En tout cas, pas deux hommes endormis ou des cadavres, ces masses sont trop petites.

Le Tondu proposa une seconde fois de plonger. Tidou le retint.

— Non, pas d'imprudence. Je vais envoyer Kafi.

Il désigna les deux formes à Kafi qui les découvrit tout de suite.

— Va !… va chercher !

Sans hésiter, le chien-loup se jeta à l'eau. De loin, les Compagnons le virent saisir une des masses. Bistèque s'écria :

— Une botte !…

Quelques minutes plus tard, Kafi était de retour avec la botte. Tidou se pencha hors du canot pour lui prendre son trophée et l'aider à remonter à bord, mais Kafi s'écarta et fit demi-tour pour aller chercher la deuxième botte. Alors, seulement, il se laissa hisser, ruisselant, dans le *Chahuteur*.

Ces bottes étaient identiques à celles que portent les marins sur leurs chalutiers, mais très usées. Les traits des semelles étaient presque effacés. L'une d'elles, percée, avait été réparée avec un morceau de caoutchouc rouge.

— D'après moi, fit encore Tidou, l'explication est simple. L'homme a d'abord allumé du feu pour signaler sa présence puis, personne ne venant à son secours, il a plongé pour se réfugier sur l'autre île, l'île de Terre et ensuite, il a décidé de rejoindre la côte à la nage sans ses bottes qu'il a dû juger trop lourdes. Quelle est la distance entre cette île et le point le plus rapproché du continent ?

— Six ou sept kilomètres, répondit Hervé, mais je doute qu'un homme épuisé par l'attente et sans doute mort de faim ait pu atteindre la côte. Il s'est forcément noyé… à moins qu'un bateau de pêche ne l'ait trouvé… mais les bateaux de pêche

sont rares, puisque les pêcheurs ne peuvent plus les utiliser.

Et il ajouta :

— Si on pouvait accoster sur cette île, on ne trouverait probablement aucun autre indice. D'ailleurs, il est temps de rentrer. Déjà sept heures. La nuit risque de nous surprendre… et la marée basse aussi.

chapitre 4

Les « Goubelins »

Il faisait presque nuit et la mer commençait à baisser quand Hervé amarra le *Chahuteur*. Encore troublée par sa découverte, la bande fila vers la villa. Cécile et Mady qui finissaient de mettre le couvert, commençaient à s'impatienter.

— Alors ? demanda vivement Mady.

— Hervé avait tort de se moquer de nous, répondit Tidou. Kafi a fait une découverte. Regarde ces bottes !

Cécile et Mady jetèrent un coup d'œil sur la trouvaille de Kafi.

— On ne s'était pas trompés, déclara Gnafron. Un homme était en danger sur l'île du Large et il

a retiré ses bottes pour essayer de nager jusqu'à la côte. Mais, est-ce qu'il y est arrivé ?...

— Quoi ?... Il se serait noyé ?

— En tout cas, plus aucune trace de lui sur les deux îles, à part le feu de bois qu'il y a allumé.

— Noyé, reprit Mady, il s'est peut-être noyé !... comment savoir ?

— Je ne vois qu'un moyen, assura Gnafron : consulter les journaux. Si un corps a été retrouvé, amené par la marée, ils en parlent probablement.

— Malheureusement, dit Hervé, on ne lit pas les journaux de la région. Au kiosque, vous ne trouverez que le numéro d'aujourd'hui et, avec un peu de chance, celui d'hier. Seulement, la bouteille a sans doute mis plusieurs jours avant d'arriver à Saint-Waast.

— C'est vrai, approuva Cécile, mais notre voisine, Mlle Levasseur, est abonnée au *Cotentin*. Elle n'a peut-être pas détruit les derniers numéros. Je fais un saut chez elle !

Elle sortit pour revenir dix minutes plus tard, une liasse sous le bras.

— Ouf ! Elle garde tous ses journaux pour allumer son feu de cheminée, l'hiver. J'ai pris tous ceux qui remontent à deux semaines ; je pense que ça suffit. Ils sont classés par ordre de parution.

Elle distribua, à chacun, les premiers numéros, recommandant de ne lire que les pages locales. Rien, à part des accidents de la route, l'incendie du hangar d'une ferme, des vols de vélos et une noyade… de poule dans un abreuvoir !

Elle distribua alors les sept autres *Cotentin*. La Guille venait à peine d'ouvrir le sien qu'il poussa un cri.

— C'est sûrement ça. Écoutez !

Il lut tout haut :

— Ravenoville, 1er septembre. Hier, en fin de matinée, un pêcheur de coques a découvert, près de la plage de Ravenoville, le corps inanimé d'un homme âgé d'une soixantaine d'années, le visage portant des traces de coups, vêtu d'un vieux pantalon râpé, d'un gilet troué au coude droit et nu-pieds. Aussitôt alertés, les gendarmes se sont rendus sur les lieux et ont constaté que l'homme vivait encore. Transporté d'urgence à l'hôpital Pasteur de Cherbourg, l'inconnu n'a pas encore repris connaissance à l'heure où nous publions cet article. Il n'avait pas de papiers sur lui et on ignore son identité.

La lecture finie, Bistèque demanda :

— Ravenoville ?… C'est loin d'ici ?

— À une vingtaine de kilomètres, presque en face des îles Saint-Marcouf. Une chose est sûre :

il s'agit bien de l'homme qui a allumé le feu et lancé le message. Tidou, tu avais raison.

— Ne nous arrêtons pas là, fit Mady, regardons les derniers journaux, on en saura peut-être un peu plus.

Pourtant, les derniers *Cotentin* ne révélaient plus rien, comme si l'homme était déjà oublié. Alors, Mady demanda à Cécile :

— On peut téléphoner à l'hôpital de Cherbourg pour se renseigner ?

— Pas à cette heure. Il est trop tard... D'ailleurs ça m'étonnerait qu'on donne des renseignements sur un malade à des inconnus.

— C'est vrai, reconnut Mady. Dommage... j'aimerais tellement savoir.

Et, se tournant vers les Compagnons :

— Je ne sais pas pourquoi mais j'ai l'impression qu'il s'est passé quelque chose de terrible sur cette île. L'article dit que l'homme avait le visage amoché... Puisque ça ne sert à rien de téléphoner, on pourrait aller à Cherbourg demain matin. C'est loin ?

— Une trentaine de kilomètres.

— Une balade ! Qu'est-ce que tu en penses, Tidou ?

Tidou sourit. Il aimait beaucoup le tempérament décidé de Mady.

— Je vous proposerais bien de vous emmener, dit Cécile, mais la voiture est trop petite pour tout le monde.

— On ira en mobylette, assura Hervé.

Il était déjà neuf heures. Le dîner était prêt. Toute la bande s'installa autour de la grande table rectangulaire de la salle de séjour, Kafi à côté de son maître. Tout au long du repas, ils ne parlèrent que du « drame des îles Saint-Marcouf » comme l'appelait Mady. Celle-ci avait un pressentiment ou une de ses fameuses intuitions qui avaient souvent surpris ses amis.

Puis, le repas terminé, Cécile et Hervé montrèrent aux Compagnons où s'installer pour dormir. Deux chambres étaient disponibles, l'une avec un petit lit, l'autre avec un grand. Cécile proposa le petit à Mady. Deux des garçons occuperaient le second. Les trois autres coucheraient dans le grenier.

— Vous voulez tirer au sort pour savoir qui dormira dans le grand lit ? suggéra-t-elle.

— Non, protesta Gnafron. Personne ne doit être favorisé… à part Mady. Les cinq garçons à la même enseigne, dans le grenier !

Une heure plus tard, tout le monde dormait, sauf Mady qu'une curiosité mêlée d'inquiétude tenait éveillée. Elle ne connaissait pas l'homme de l'île mais brûlait de savoir s'il était encore en vie.

Endormie la dernière, elle fut cependant debout la première et c'est elle qui secoua la maisonnée. Les petits déjeuners rapidement avalés, la bande se mit en route, guidée par Hervé, dont la mobylette pourtant presque neuve faisait autant de bruit que celles des Compagnons. Il n'était que dix heures quand la troupe entra dans Cherbourg. Hervé connaissait l'hôpital. Il y conduisit directement ses amis. Pourtant, en mettant pied à terre il déclara :

— Je crois qu'il vaut mieux qu'on n'entre pas tous. Deux seulement, Mady et moi par exemple. Les autres, attendez-nous sur le trottoir.

Hervé et Mady pénétrèrent donc seuls dans le hall d'accueil. Une réceptionniste se limait les ongles. Hervé lui demanda si l'homme retrouvé sans connaissance, le 31 août sur la plage de Ravenoville, était toujours là.

— Quel nom ? demanda l'employée.

— On ne sait pas. Le journal qui rapportait l'accident ne donnait pas son identité.

La réceptionniste consulta un cahier et promena le doigt sur les pages, pour s'arrêter sur un X.

— Oui, le 31 août, c'est sûrement ça… Il est parti.

— Parti ? répéta Mady. Il est… il est…

Elle n'osa pas achever.

— Eh bien oui, reprit l'employée, parti… reparti chez lui, je ne sais pas où. C'est tout ce que je peux vous dire. Il était au premier étage. Si vous voulez en savoir plus, adressez-vous à l'infirmière qui l'a soigné : Mme Charron.

Hervé et Mady grimpèrent au premier étage et s'adressèrent à la première infirmière qu'ils rencontrèrent. C'était justement Mme Charron.

— Ah oui, fit celle-ci, cette espèce de clochard retrouvé sur la plage de Ravenoville. On a tous cru qu'il était trop tard. Mais deux heures avec un masque à oxygène ont suffi à le ranimer. À cause des traces de coups qu'il portait sur le visage des policiers l'ont interrogé. Il n'a rien voulu répondre. Il prétendait ne se souvenir de rien, à part d'être tombé d'une échelle.

— Est-ce qu'on sait d'où il vient ?

— La police n'a rien pu savoir, et, finalement, l'a laissé tranquille. Mais un soir, pendant qu'il dormait, il a rêvé tout haut. Il prononçait un nom, probablement le sien : Flambart… Puis il a bafouillé d'autres mots : Saint-Marcouf… Ravenoville… Goubelins.

— Goubelins, reprit Hervé, c'est un mot de patois normand qui désigne les fantômes…

— C'est ça. Mais, maintenant, ne me demandez plus rien. C'est tout ce que je sais.

Hervé et Mady remercièrent l'infirmière. Puis ils retrouvèrent leurs amis et leur racontèrent ce qu'ils avaient appris dans la rue.

— Ah ! s'exclama Tidou avec soulagement, il n'est pas mort ! Tant mieux… mais apparemment, il a raconté n'importe quoi à la police. On n'a pas vu d'échelle, dans les îles. D'après moi, il pourrait bien s'être bagarré avec quelqu'un aux Saint-Marcouf… ou alors il a été attaqué. Vous êtes sûrs qu'il s'appelle Flambart ?

— En tout cas, répondit Hervé, c'est un nom courant dans la région. À mon avis, ce type vit du côté de Ravenoville, peut-être dans un lieu qui s'appelle les Goubelins. Rentrons à Saint-Waast, on examinera la carte de la région. Tous les villages, les hameaux, les lieux-dits y sont indiqués.

La bande rebroussa chemin, sans Kafi que Tidou avait confié à Cécile. Il n'était pas encore midi quand ils mirent pied à terre devant « Les Hortensias ». Hervé alla chercher sa carte dans un placard et l'étala sur la table de la salle de séjour. Tout y était indiqué, en effet, mais en toutes petites lettres difficiles à lire.

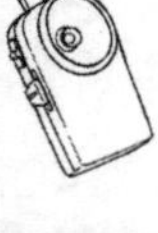

— Cherchons surtout aux alentours de Ravenoville, recommanda Hervé.

Et Bistèque s'écria bientôt :

— Ça y est ! J'ai trouvé. Regardez ici : Les Goubelins ! Dans les dunes, près de la mer. Même pas un petit carré représentant une maison. Ce doit être un endroit désert.

— Désert ou pas, fit Gnafron, il faut aller voir. On filera là-bas cet après-midi.

— Je conduirais bien trois ou quatre d'entre vous en voiture, dit Cécile, mais ce matin, M. Langlois est venu me demander si je pouvais l'emmener chez l'opticien à Valognes. Il a cassé ses lunettes et ne voit plus rien.

— Aucune importance, assura le Tondu, nos « mob » sont faites pour rouler !

Excellente cuisinière, Cécile avait préparé le repas pour toute la bande et s'était débrouillée pour avoir du poisson, transporté d'un autre port, de grosses « plies » qu'elle avait mises au four. Le dessert terminé, l'impatient Gnafron proposa :

— Si on partait tout de suite ? Il nous faudra peut-être du temps pour dénicher ces Goubelins.

Dès deux heures, ils grimpèrent sur leurs deux-roues, cette fois avec Kafi, dans sa remorque. À tout hasard, Tidou avait demandé à Hervé un vieux sac de marin pour y mettre les bottes, la bouteille et les deux bouts de mouchoir. Le temps était moins beau que la veille, plus lourd avec quelques nuages gris dans le ciel. Comme le matin, l'équipe suivit Hervé qui connaissait parfaitement la région. À quelques kilomètres de Saint-Waast, les Compagnons traversèrent une petite station balnéaire nommée Quinéville (que de noms en « ville » dans cette région !). Mais déjà la saison finissait, les villas avaient fermé leurs volets, sauf une, la dernière, un peu isolée des autres.

De Quinéville, ils atteignirent Ravenoville, un petit village séparé de la mer par d'immenses dunes.

— Impossible d'aller plus loin en roulant, dit Hervé. Je connais l'épicier ; déposons nos mobylettes dans sa cour.

Il avait raison, car peu après le village, commençait le domaine des dunes qui s'étendaient en bordure de la mer. C'était un domaine immense, bosselé, hérissé d'herbes sèches qui sifflaient dans le vent. D'après la carte, et d'après l'épicier, la dune des Goubelins se situait à deux ou trois kilomètres du village. La troupe marcha longtemps sur ces collines de sable avant d'apercevoir une cabane en planches avec un toit en tôle ondulée, tellement rouillé qu'il était devenu

presque rouge. Une longue cheminée se dressait au-dessus, maintenue contre le vent par des fils de fer.

— C'est sûrement là, dit Tidou.

Ils s'approchèrent avec Kafi tenu en laisse. Ils allaient bientôt atteindre l'abri quand une silhouette se détacha dans l'encadrement de la porte. Les mains en porte-voix, l'homme cria de toutes ses forces :

— Partez ! Partez tout de suite ! Vous n'avez rien à faire ici. Vous n'êtes pas chez vous.

Puis il agita les bras, pour leur faire signe de s'éloigner.

— Si ce type est celui de l'hôpital, murmura Mady, c'est peut-être un fou. Méfions-nous !

En effet, voyant que son ordre n'avait eu aucun effet, que la bande restait sur place au lieu de reculer, l'homme rentra dans sa cabane pour en ressortir aussitôt, un fusil de chasse entre les mains. Il cria de nouveau :

— Dégagez, ou je tire !

Les Compagnons et Hervé firent quelques pas en arrière. C'est alors qu'un fait inattendu se produisit…

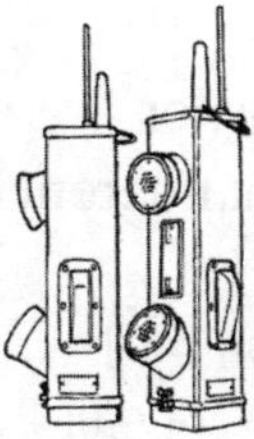

chapitre 5

Flambart parle…

Depuis un moment le temps était lourd et couvert. Pourtant, rien ne laissait imaginer qu'un orage s'apprêtait à éclater. Il démarra brusquement, déversant des tonnes d'eau sur les dunes. En quelques instants, les Compagnons, qui n'avaient pas pris leurs imperméables, furent trempés. Inutile de courir au village trouver un refuge. C'était trop loin. Ils n'eurent pas d'autre solution que de s'accroupir, tassés les uns contre les autres, pour se protéger tant bien que mal de ce déluge.

L'homme, lui, était rentré dans sa cabane mais, au plus fort de la pluie, il reparut, sans son fusil, et cria en faisant de grands signes :

— Venez !… Venez !

Les Compagnons n'en crurent pas leurs oreilles. Que s'était-il passé dans sa tête ?

— Venez ! reprit-il, venez vous abriter !

Les Compagnons et Hervé se demandèrent ce qu'ils devaient faire.

— Pas d'hésitation, dit Tidou, allons-y !

Sous la pluie qui leur fouettait le visage, ils se dirigèrent vers la cabane, sans courir, comme s'ils craignaient un danger. Sur le pas de la porte, l'homme s'écarta pour les laisser entrer. Il avait une drôle de tête, de longs cheveux gris, une moustache tombante, à la gauloise, pas de barbe et des cicatrices un peu partout sur le visage. Sa cabane était plus grande qu'elle ne paraissait vue de l'extérieur. Tous les sept et Kafi purent s'y caser. Instinctivement, Mady jeta un regard sur le fusil de chasse déposé sur la table. L'homme saisit son coup d'œil inquiet et déclara :

— Puisque je vous ai dit d'entrer, vous n'avez rien à craindre, je raccroche mon fusil à son clou.

Alors, voyant Gnafron tordre sa tignasse noire pour l'essorer :

— Vous êtes tous trempés jusqu'aux os. Je vais faire du feu, vous allez vous sécher.

Il prit des morceaux de planches déposés dans un coin, et les fourra dans le vieux poêle cylindrique planté presque au milieu de la cabane. Quelques minutes plus tard, le poêle se mit à ronfler et à rougir. La chaleur était si forte que les vêtements des Compagnons séchèrent en quelques minutes.

Pendant ce temps, l'homme n'arrêtait pas de fixer d'un œil curieux ces six garçons et cette fille qui l'intriguaient. Kafi aussi semblait l'inquiéter, bien que le chien, sur ordre de son maître, se tînt tranquille.

Soudain, il désigna le sac de marin de Tidou et demanda :

— Qu'est-ce qu'il y a là-dedans ?

Tidou hésita, bredouilla quelques mots incompréhensibles.

— Qu'est-ce que c'est ? reprit l'homme, d'un ton brusque.

Il fallait s'exécuter. Sans dire un mot, Tidou dénoua le sac et déposa sur la table la paire de bottes, la bouteille et les deux morceaux de tissu.

L'homme écarquilla les yeux. Il fixa les morceaux de tissu, la bouteille, saisit une des bottes, celle qui portait une rondelle de caoutchouc collée sur la tige, puis, tremblant de colère, reprit son fusil. Cette fois, Mady eut vraiment peur. Si

l'homme était fou, il était capable de n'importe quoi. Il hurla :

— C'est la police qui vous envoie ? C'est ça ?

Heureusement, les garçons avaient gardé leur sang-froid. Hervé surtout, qui répliqua en souriant :

— La police ?... J'ai seize ans ! Et mes amis sont au collège. Vous croyez que la police recrute ses agents au berceau ?...

— Alors qu'est-ce que vous faites chez moi ? Qui vous a envoyés ?... Répondez vite ou je tire.

— Personne ne nous envoie, rétorqua le Tondu. On pensait vous rendre service en vous rapportant vos bottes.

— Qui les a trouvées ?

— Nous, sur la plus petite des îles Saint-Marcouf... comme on avait déjà découvert la bouteille et le message sur la plage de Saint-Waast.

— Et comment avez-vous su que ces bottes étaient les miennes, que c'était moi qui avais lancé la bouteille ?

Tout en posant ces questions, il avait baissé son fusil. Il demanda encore :

— Qui êtes-vous pour en savoir autant ?

— Une simple bande d'amis, en vacances à Saint-Waast, répondit Mady qui voyait la colère de l'homme se transformer peu à peu en curiosité. Raccrochez votre fusil, et on vous expliquera tranquillement.

La voix de Mady parvint à le calmer. Il raccrocha son arme et se laissa tomber sur une chaise.

— Alors, vous savez qui je suis.

— Oui. Quelqu'un vous a trouvé évanoui et ensanglanté sur la plage, tout près d'ici. Vous avez été transporté à l'hôpital de Cherbourg où des gendarmes vous ont interrogé, mais vous avez fait semblant d'avoir perdu la mémoire. On sait quand même que vous vous appelez Flambart, que vous vivez ici, aux Goubelins, et qu'il vous est arrivé quelque chose aux îles Saint-Marcouf.

— Et vous avez dit tout ça à la police ?

— À personne… mais pourquoi est-ce que vous craignez tant la police ?

Flambart ne répondit pas. Son visage se ferma de nouveau. Mady eut peur de le voir reprendre son fusil. Non, il resta sur sa chaise, les deux mains sur les genoux. Alors, Gnafron jugea que c'était le bon moment pour tout raconter, depuis la découverte de la bouteille, jusqu'à l'expédition dans les îles.

— Voilà, conclut le Tondu, vous voyez, on sait tout… sauf ce qui s'est passé aux Saint-Marcouf… quelque chose de grave.

Flambart garda le silence. Il se contenta de regarder tour à tour Hervé et les Compagnons, les détaillant de la tête aux pieds. Apparemment, ils ne lui étaient pas antipathiques, car son visage se détendit enfin.

— Oui, quelque chose de grave, murmura-t-il.

Mady ouvrit la bouche pour l'interroger. Mais elle se ravisa. Il ne fallait pas lui donner l'impression qu'on voulait lui tirer les vers du nez. Un silence se prolongea. L'homme poussa alors deux longs soupirs. Puis il se leva pour se rasseoir à califourchon sur sa chaise, les bras sur le dossier.

— Vous ne répéterez à personne ce que je vais vous raconter, recommanda-t-il.

— Promis, assurèrent en chœur les Compagnons.

— Ça vous étonne peut-être de me voir vivre seul au milieu des dunes. Si vous revenez, un jour, je vous raconterai comment j'en suis arrivé là. À propos de l'autre nuit, celle du 29 août, la lune était dans son dernier quartier mais n'éclairait pas la mer ; le temps était trop couvert. Comme d'habitude, j'avais tiré mon canot jusqu'à l'eau. Il devait être à peu près deux heures du matin. Un peu plus tard, j'atteignais l'île, la grande. Je

connais les bons endroits pour attraper les lapins. Il y en a beaucoup. Personne ne vient les déranger… et ils n'ont pas la myxomatose comme ceux du continent. Bref, vous avez compris, je suis plus ou moins chasseur. C'est pour ça que je ne tiens pas à rencontrer les gendarmes. Je connais les bons coins pour tendre les pièges. Les lapins font souvent leurs trous au pied des murailles.

Il s'arrêta, pour voir la réaction de son jeune auditoire. Personne ne broncha, alors, il poursuivit :

— Je longeais un rempart, sans prendre de précautions pour ne pas faire de bruit puisque je croyais l'île déserte, quand j'ai entendu des pas derrière moi. J'ai eu tout juste le temps de me retourner et d'apercevoir deux hommes. L'un d'eux m'a lancé : « Qu'est-ce que tu fais ici en pleine nuit ? » Sur le coup, j'ai cru que c'était deux gardiens chargés de la surveillance des côtes qui venaient de me surprendre en train de poser mes pièges. Alors je ne me suis pas méfié. Mais au même moment, avant d'avoir eu le temps de dire un mot, j'ai reçu un coup de poing dans l'estomac qui m'a fait basculer. Des gardes-côtes n'auraient pas fait ça. J'ai riposté. Mais à deux contre un, on ne peut pas tenir longtemps. Un direct à la mâchoire et un autre là, à l'arcade sourcilière,

m'ont fait tomber. J'ai roulé sur la pente. Ma tête a cogné des pointes de rochers. Bref, j'ai perdu connaissance.

Il s'arrêta encore, si longtemps, que les Compagnons crurent qu'il ne dirait plus rien.

— Et après ? demanda Mady.

— Eh bien, la suite vous la connaissez. Quand j'ai repris mes esprits, il faisait jour. C'était le petit matin. Ma tête me faisait mal mais je tenais sur mes jambes. J'ai immédiatement pensé à mon canot. Plus rien. Mes agresseurs l'avaient emmené ou coulé. J'étais prisonnier de l'île. Bien sûr, il m'était arrivé de faire huit ou dix kilomètres à la nage, en pleine mer, mais je souffrais trop de la tête et j'ai eu peur de m'évanouir dans l'eau. Alors, comme vous l'avez deviné, j'ai allumé du feu avec des brindilles. Personne ne l'a vu. C'est le lendemain, en découvrant une bouteille, que j'ai pensé à un message, comme le faisaient à l'époque les naufragés… mais sans vraiment croire qu'on le découvrirait. La faim commençait à me ronger… et la soif encore plus. Alors, j'ai pensé : tant qu'à mourir, autant tenter ma chance. J'ai nagé d'une île à l'autre pour me rapprocher du continent, exactement comme vous l'aviez supposé, et j'ai retiré mes bottes. Je me demande encore comment j'ai pu nager sans couler. C'est en touchant le sable que je me suis encore évanoui.

À nouveau, il s'arrêta et s'épongea le front. Il transpirait à grosses gouttes, à cause de la chaleur dégagée par le poêle… peut-être aussi d'émotion et de colère retenue. Les Compagnons se demandèrent s'ils devaient lui poser de nouvelles questions. C'est Bistèque qui se décida.

— Pourquoi, à l'hôpital, vous n'avez pas parlé de votre agression ?

L'homme eut une grimace de surprise qui déforma son visage.

— Pourquoi ? Après ce que je viens de dire, vous me demandez pourquoi ? Si j'avais dit que je me baladais sur l'île du Large en pleine nuit, on aurait voulu savoir ce que je faisais…

— Piéger des lapins n'est quand même pas un crime.

— Non, pas un crime, mais un délit… et ça coûte cher quand on se fait pincer. Je ne tenais pas à ce que la police se mêle de mes petites affaires.

— Mais vous… vous vous êtes bien demandé qui vous avait roué de coups ?

— Bien sûr, et même maintenant je ne comprends pas. Une seule chose est sûre : il se passe des choses mystérieuses dans l'île du Large.

Ces deux types avaient intérêt à ce que personne ne sache ce qu'ils faisaient là, en pleine nuit. Quand ils m'ont mis K.O., ils m'ont probablement cru mort et ils ont coulé mon canot pour qu'il ne reste aucune trace… Mon corps, lui, avait peu de chance d'être retrouvé.

— Ces deux individus, vous les aviez déjà vus… par exemple sur les dunes, sur la plage ?

— La nuit était trop sombre, et je n'ai pas pu voir leurs visages. En tout cas, d'après leur accent, ils n'étaient pas normands.

— Vous ne pensez pas à des rivaux, des chasseurs comme vous qui empiétaient sur votre domaine ?

— Non, les chasseurs se disputent parfois, mais pas au point de se massacrer. D'ailleurs, je le répète, ce n'étaient pas des Normands.

— Vous n'avez aucune idée de ce qu'ils venaient faire aux Saint-Marcouf ? Vous n'aviez pas entendu le moteur de leur canot ?

— Rien ! Je me demande, maintenant, s'ils n'étaient pas déjà là quand je suis arrivé. Si j'avais vu leur bateau dans la crique, vous pensez bien que j'aurais fait demi-tour… Et pourtant, j'aurais dû me douter de quelque chose…

— Comment ça ? questionna le Tondu.

Flambart ne répliqua pas. Il fit un geste vague, un geste qui signifiait : « Bah ! ne parlons plus de tout ça. J'ai sauvé ma peau, c'est l'essentiel. » Mais il avait dit une phrase de trop que Mady reprit comme on saisit une balle au bond.

— Vous méfier de quoi… de qui ?

L'homme hésita avant de répondre.

— Oui, depuis quelque temps, j'entends parfois un drôle de bruit, la nuit, sur la mer, pas celui d'un bateau à moteur. Il y a trois semaines, j'ai aperçu un canot qui filait vers les îles. Il était une heure du matin. Il ne faisait presque aucun bruit et j'ai pensé qu'il avançait à la rame. Il semblait venir de Quinéville… d'ailleurs, c'est *vers* Quinéville aussi qu'il est reparti, une heure plus tard. C'est la seule fois où je l'ai aperçu, mais à mon avis, il se rend souvent aux Saint-Marcouf.

— Vers Quinéville ? s'exclama Mady. Cette petite plage qu'on a traversée pour venir ici ?… Et vous n'en avez parlé à personne ?

— Vous le voyez, je vis comme un ermite, seul et coupé du monde. Je ne vais au village que pour mes provisions et je n'ouvre la bouche que pour demander ce dont j'ai besoin.

Hervé réfléchit.

— Et si, tous ensemble, on essayait de savoir ce qui se passe sur ces îles…

— Comment ? Je n'ai plus mon bateau.

— Avec le mien, un canot à quille ancré à Saint-Waast.

— Saint-Waast ? Je ne tiens pas à aller jusque-là.

— On pourrait vous prendre ici, sur la plage.

— Comment aborder, si c'est un canot à quille ?

— À deux cents mètres du rivage on a encore pied. Vous pourriez rejoindre le bord à la nage.

Flambart secoua la tête.

— Non, je ne tiens pas à me mêler de tout ça. Si ça vous amuse de jouer aux détectives, faites ce que vous voulez, moi, je vous l'ai dit, je ne veux pas voir la police entrer ici.

Là-dessus, il se leva et, comme Mady regardait encore le fusil accroché à son clou, il lui posa la main sur l'épaule en disant :

— Rassure-toi, il n'était pas chargé.

Puis s'approchant de la fenêtre dont deux carreaux étaient fêlés :

— L'orage a filé du côté de la baie des Veys. Vous feriez bien de partir.

Et l'homme ajouta :

— Je ne vous interdis pas de revenir me voir. N'ayez pas peur. Pour vous, je ne décrocherai plus mon fusil.

Les Compagnons sortirent, avec Kafi, à qui Flambart donna une tape amicale. Dehors, de gros nuages couraient encore dans le ciel en laissant, entre eux, des échappées de ciel bleu.

— Suivons Kafi, dit Tidou, il nous conduira tout droit vers Ravenoville, à travers les dunes.

Encore sonnés par les révélations de Flambart, ils marchèrent un moment en silence. Mady s'arrêta soudain pour demander :

— Qu'est-ce qu'on va faire maintenant qu'on sait tout ça ?

— C'est simple, répondit Tidou du tac au tac. On doit éclaircir cette affaire. Les deux types ont voulu éliminer Flambart et ont coulé son bateau. Si vous voulez mon avis, ils n'étaient pas là pour pêcher des crevettes !

Et, se tournant vers Hervé :

— Qu'est-ce que tu penses d'une nouvelle expédition aux Saint-Marcouf ? On trouvera peut-être un indice.

— D'accord ! Demain, à l'heure de la marée.

chapitre 6

La porte de fer

La marée prenait chaque jour un retard de trois quarts d'heure. Comme Hervé l'avait expliqué aux Compagnons, les va-et-vient de la mer correspondaient à la rotation de la lune qui, elle aussi, perd chaque nuit trois quarts d'heure. La bande ne pourrait donc partir qu'au milieu de l'après-midi. En plus, le temps était toujours orageux et le vent, assez violent, hérissait la mer de crêtes blanches.

— Tant pis, se résolut Hervé, je suis trop curieux de savoir, moi aussi, ce qui s'est passé là-bas. Si le vieux Flambart n'ose pas le faire, eh bien, c'est à nous d'éclaircir cette affaire. Le *Chahuteur* ne craint rien. La seule difficulté sera

l'accostage. Que dirait mon père si je crevais la coque de son bateau !

— Et toi, Cécile, demanda Mady, voyant que la sœur d'Hervé ne se préparait pas, tu ne viens pas avec nous ?

— Non, j'ai le mal de mer…

Quand les Compagnons et Hervé arrivèrent sur le quai, l'eau n'était pas encore assez haute. Ils durent attendre une demi-heure parmi les marins-pêcheurs qui parlaient encore de la disparition des poissons en contemplant le large d'un air sombre.

Enfin, le *Chahuteur*, jusque-là à demi couché sur le flanc, se redressa et se balança sur la mer. Les Compagnons descendirent à bord avec Kafi, et Hervé lança le moteur. L'île de Tatihou dépassée, le canot se mit à rouler et à tanguer, pour le plus grand plaisir de Gnafron qui aimait ça… mais à la grande peur de Kafi. La mer était houleuse mais sans danger, affirma Hervé.

Au moment où le canot passait au large de Quinéville, Mady prit les jumelles qu'Hervé avait emportées. Elle s'amusa à observer les villas dont toutes avaient leurs volets fermés, sauf une, la dernière. C'était une maison peinte en bleu clair, avec des volets bleu foncé, qui tranchait sur les autres habitations dont elle était séparée par une

centaine de mètres. Soudain, à une fenêtre du premier étage, elle distingua une silhouette qui braquait vers la mer une longue-vue montée sur un trépied.

— Bizarre ! fit-elle, on dirait que quelqu'un nous surveille depuis la villa bleue, là-bas.

— Bah ! fit la Guille. Rien d'extraordinaire. C'est presque la fin des grandes vacances, il s'amuse comme il peut !

Quinéville dépassé, Mady remit les jumelles dans leur étui. On approchait des Saint-Marcouf. Pour trouver une mer plus calme, Hervé contourna l'île du Large par le sud et se présenta devant la crique, seul endroit possible pour aborder. La manœuvre fut délicate, mais Hervé la réussit sans bavures.

Dès qu'il fut à terre, Tidou fit de nouveau sentir à Kafi le morceau de tissu qu'il avait pensé à reprendre à Flambart. Il demanda alors à son chien de retrouver les traces de ce dernier. Kafi hésita, se demandant ce que son maître lui voulait puisque, deux jours plus tôt, il n'avait découvert personne.

— Si, Kafi, cherche, cherche encore.

Kafi erra alors partout dans l'île, dans l'ancienne forteresse et, comme l'autre fois, s'arrêta longuement sous les remparts.

— C’est sûrement là qu’a eu lieu la bagarre, dit le Tondu. Regardez les traces d’herbe foulée… Et Flambart a dû s’assommer sur ces rochers, en bas.

Tous cherchèrent sur le sol avec l’espoir de trouver un indice. Soudain, Bistèque s’écria :

— Regardez Kafi, il vient de trouver quelque chose !

Le chien tenait entre ses crocs une sorte de petit étui noir et rond.

— Une montre ! s’exclama la Guille.

— Non, une boussole ! fit remarquer Tidou.

Au dos, elle portait cette inscription : « made in Japan » et, dessous, ce nom : « Yarouta », celui du fabricant. Elle était vraisemblablement tombée d’une poche au cours de la bagarre.

— D’après moi, estima Mady, elle n’appartient pas à Flambart. Il n’a pas besoin d’une boussole pour venir aux Saint-Marcouf… mais elle était utile aux deux inconnus, s’ils se rendent souvent aux îles même par temps de brume.

Kafi trancha la question quand son maître lui tendit l’étui, assez usé. Le chien parut d’abord surpris. Il s’attendait à reconnaître l’odeur de Flambart et il en flairait une autre. Il regarda Tidou, l’air de dire :

— C'est une nouvelle piste que tu me demandes de suivre ?

Pour bien faire comprendre à son chien qu'il devait partir sur de nouvelles traces, Tidou fourra le mouchoir dans sa poche et lui présenta plusieurs fois de suite l'étui de cuir noir à sentir.

Kafi battit de la queue et renifla l'herbe avec plus d'application, autour du lieu de la bagarre. Puis, par une brèche, il pénétra dans l'ancienne forteresse transformée, des années plus tôt, en blockhaus[1] par les Allemands pendant la Deuxième Guerre mondiale. Il conduisit les Compagnons et Hervé devant une dalle de béton dont il fit le tour plusieurs fois.

— Étrange…, fit le Tondu, est-ce que cette trappe cache quelque chose ?

— En tout cas, répliqua Gnafron, elle n'est pas fermée. On pourrait la soulever avec une barre de fer.

Hervé pensa à la rame de son canot. Le Tondu courut la chercher. Hervé et lui, les deux plus forts, réussirent à faire bouger la dalle puis à la soulever et à la faire basculer. Bistèque, qui avait une lampe de poche, braqua alors le faisceau lumineux dans le trou.

---

1. Abri militaire permettant de se défendre contre l'ennemi.

— Un puits !… On aperçoit l'eau, pas très loin.

— Non, sûrement pas un puits, corrigea Hervé. Au sommet de l'île, l'eau douce ne monterait pas si haut… Regardez, une échelle conduit au fond du trou.

Une échelle de fer, fixée au mur, descendait en effet jusque dans l'eau.

— Laissez-moi faire, ordonna Gnafron, je vais voir !

Hervé voulut le retenir :

— Attends ! Les barreaux ne sont peut-être pas solides.

— Je ne suis pas lourd et je me rattraperai avec les mains si j'en sens un se casser sous mon pied. Bistèque, éclaire-moi.

Décidé mais tout de même prudent, le « petit » Gnafron se laissa glisser le long de l'échelle. Parvenu à la surface de l'eau, il toucha celle-ci avec son pied et s'écria :

— Quelques centimètres de profondeur seulement !

Et à Bistèque :

— Éclaire mieux, pour que je voie les parois.

Le faisceau de la lampe se promena sur les côtés du puits et Gnafron s'exclama de nouveau :

— Oh ! une ouverture, juste au ras de l'eau… un trou qui paraît profond.

Il remonta précipitamment pour prendre la lampe de poche qu'il maintint entre ses dents, et redescendit au ras de l'eau.

— Oui, une sorte de tunnel qui descend en pente douce vers la mer, une galerie bétonnée. Je vais voir !

— Pas tout seul, protesta Hervé, c'est peut-être dangereux. Attends-moi.

Hervé s'accrocha à son tour aux barreaux, suivi de Bistèque, de la Guille, du Tondu puis de Tidou. Mady resta à l'extérieur pour garder Kafi qui n'avait pas les talents d'acrobate nécessaires pour participer à l'expédition.

— Venez, dit Gnafron en se baissant sous la voûte.

Le tunnel était long, interminable. Il était en béton, ce qui signifiait qu'il avait dû être construit pendant la guerre (avant, on ne connaissait pas ce matériau). Où pouvait-il mener ?

Mais tout à coup, au bas de la pente, les Compagnons et Hervé débouchèrent dans une sorte de salle bétonnée, d'environ trois mètres sur quatre et assez haute pour qu'on puisse s'y tenir debout. La salle était vide et sans particularité, à l'exception d'une plaque de fer rouillée, une sorte de porte blindée. Celle-ci semblait fermée depuis longtemps.

— Écoutez, dit la Guille, en collant l'oreille contre le métal, on entend du bruit... un bruit sourd et continu.

Tous se penchèrent à leur tour, Hervé le dernier, qui déclara :

— Ce ne sont pas des voix, mais le bruit de la mer. Cette porte de fer donne sur une autre galerie qui plonge directement dans l'eau. Pendant la guerre, les Allemands lançaient des torpilles sous-marines contre les bateaux anglais qui s'approchaient des côtes. On se trouve dans une ancienne base ! J'en ai vu une pareille près de Barfleur.

— Essayons de forcer cette porte, proposa le Tondu, on verra bien.

Mais le panneau de fer résista à toutes les poussées. Malgré la rouille, il restait bien accroché sur ses gonds. Pourtant, en s'approchant de la serrure pour regarder par le trou, Gnafron remarqua :

— Regardez !... des éraflures, comme si une clé avait tâtonné avant de trouver l'entrée de la serrure... et ces éraflures sont récentes. Selon moi, les inconnus possèdent cette clé. Il faut absolument savoir ce qu'il y a derrière ce panneau de fer !

Tous les cinq s'acharnèrent une fois de plus à pousser de toutes leurs forces, mais la porte ne bougea pas.

— On n'a qu'un seul moyen de l'ouvrir, dit alors Hervé, avoir une clé nous aussi.

— Où la trouver ?

— Il suffit de relever l'empreinte pour en fabriquer une. Le Tondu, retourne au canot. Au fond de la cabine, enveloppée dans un papier gris, il y a une sorte de pâte caoutchouteuse utilisée pour réparer les trous de la coque. Tiens, prends la lampe. On t'attend !

Le Tondu partit aussitôt. Un quart d'heure plus tard, il reparut dans la salle bétonnée où les Compagnons l'attendaient, dans l'obscurité.

— C'est bien ça, dit Hervé en prenant la pâte, du mastic. Mais il a durci.

Il le ramollit entre ses paumes, en détacha un morceau qu'il poussa dans le trou de la serrure et qu'il retira ensuite délicatement.

— Pas parfait, mon moulage, commenta-t-il, la serrure est compliquée…

Il recommença l'opération plusieurs fois jusqu'à ce qu'il obtînt une bonne empreinte. Il l'enveloppait dans son mouchoir pour éviter qu'elle ne se déforme entre ses doigts quand Bistèque s'écria :

— Regardez par terre !…

En piétinant la fine couche de sable qui recouvrait le sol de la salle souterraine, les jeunes détectives avaient déterré deux vieux chewing-gums. La Guille et le Tondu raclèrent le sable avec leurs doigts et en découvrirent trois autres.

— Aucun doute, décréta Hervé en scrutant un des bouts de gomme durcie, ils ne datent pas de la guerre. Les chewing-gums n'existaient pas en Europe à cette époque. Depuis si longtemps, ils auraient pourri… et il y a deux arômes différents, menthe et réglisse, ce qui prouve que deux hommes, au moins, sont descendus dans cette salle, certainement ceux qui ont assommé Flambart.

Les Compagnons s'interrogèrent, toujours frustrés de ne pas pouvoir enfoncer cette porte. Gnafron surtout, qui faisait mine de s'arracher les cheveux.

— De toute façon, dit Tidou, il vaut mieux ne pas pouvoir la forcer. Si les inconnus s'apercevaient qu'elle a été ouverte, ils ne reviendraient peut-être plus. Attendons d'avoir fait faire une clé.

Ils remontèrent à la surface et rejoignirent Mady : la pauvre avait beaucoup de mal à retenir Kafi qui voulait se jeter dans le puits pour rejoindre son maître !

— Alors, demanda-t-elle vivement, vous avez trouvé quelque chose, pour être restés si longtemps ?

Tidou raconta leur découverte et Bistèque montra les chewing-gums.

— On va peut-être réussir à percer le secret caché derrière la porte de fer, déclara Hervé. Rentrons vite, la mer commence à redescendre.

La bande rejoignit le canot qui se dandinait au fond de la crique. Cette fois Kafi sauta le dernier à bord. Il n'avait pourtant rien à craindre. La mer s'était un peu calmée.

Quand le *Chahuteur* arriva devant la plage de Quinéville, Mady reprit les jumelles pour observer vers la villa bleue qui l'intriguait.

— Pas possible, s'exclama-t-elle, l'homme de tout à l'heure nous surveille encore avec sa longue-vue. Il doit nous distinguer parfaitement et même lire le nom du canot.

Cette fois, les jumelles passèrent de main en main. Mais elles n'étaient pas assez puissantes pour distinguer le visage de l'homme, courbé en deux devant son appareil. Il se tenait d'ailleurs en retrait, et l'obscurité de la pièce empêchait les Compagnons de distinguer ne serait-ce que la couleur de ses cheveux.

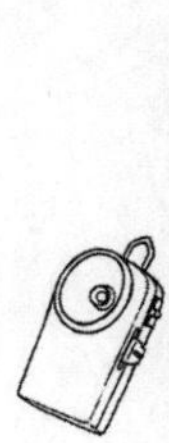

— Oh ! s'écria soudain Mady, j'y pense ! Flambart a bien dit que le canot qu'il entendait parfois, la nuit, venait de Quinéville et y retournait un moment plus tard ?

— Oui, admit Hervé… mais ce n'est peut-être qu'une coïncidence. Il s'agit sans doute d'un vieux marin retraité qui passe son temps à suivre les bateaux au large.

— Alors, pourquoi il ne s'intéresse pas à ces deux pétroliers qui vont se croiser, là-bas ?

— Très juste, approuva Tidou.

Le *Chahuteur* filait vite. Hervé était pressé. Il espérait faire faire la clé le soir même. Dès que le canot fut à quai, il dit à Tidou :

— Viens avec moi, je connais un mécano qui travaille dans un garage. C'est un type très sympa et il sait tout faire.

Pendant que les autres Compagnons regagnaient « Les Hortensias », il l'entraîna sur la route de Barfleur où se trouvait le garage.

— Je voudrais voir Adrien, dit-il au patron.

— Adrien ?… Il n'est pas là, je l'ai envoyé à Paris chercher une Citroën neuve, et il doit passer le dimanche là-bas, chez sa tante. C'est urgent ?… Votre voiture est en panne ?

— Non, j'aurais… un petit travail à lui demander. Je repasserai lundi.

Hervé et Tidou quittèrent le garage déçus. Ils trouvèrent leurs amis en train de préparer le dîner, sous les instructions de Bistèque, le cuistot de la bande.

— Pas de chance ! dit Hervé. Le mécano ne rentre pas avant lundi. Deux jours de perdus.

— Non, pas forcément perdus, remarqua Cécile. Le samedi matin, à Cherbourg, beaucoup de boutiques sont ouvertes, on finira bien par trouver un serrurier. Je vous conduirai… En attendant, à table, le repas est prêt !

chapitre 7

La clé

Ce soir-là, les garçons discutèrent longtemps dans leur grenier avant de s'endormir. De toute évidence, Flambart n'avait pas été assommé sans raison. Les deux inconnus avaient peur de lui. Que venaient-ils faire dans la galerie ?

— Pourvu qu'Hervé trouve un serrurier à Cherbourg pour faire faire cette clé compliquée, fit Gnafron.

— Pas sûr…, estima la Guille. Et pas sûr non plus qu'on trouve quelque chose derrière la porte si la clé fonctionne.

— Eh ! coupa le Tondu, étendu dans son sac de couchage, son béret sur la tête. Qu'est-ce qui vous prend ? Vous êtes trop pessimistes ! On verra bien demain.

Endormis tard, ils se réveillèrent tout de même de bonne heure… Moins tôt pourtant qu'Hervé, Cécile et Mady, déjà dans la cuisine en train de préparer les petits déjeuners.

— Oui, expliqua Cécile, moi aussi je suis curieuse de savoir ce qui se passe aux Saint-Marcouf. Je file tout de suite à Cherbourg avec Hervé. Deux places sont libres dans la voiture. Qui veut nous accompagner ?

— Eh bien, commença Tidou, j'ai pensé qu'on pourrait aller voir Flambart tous les six. On lui expliquera notre découverte. Il connaît peut-être cette galerie et la porte en fer.

— D'accord, approuva Hervé. Rendez-vous ici à midi.

La voiture partie, Tidou expliqua à ses amis que, pour aller plus vite, ils prendraient la grande route, au lieu de suivre la mer.

— Et Kafi ? demanda Mady.

— Je l'emmène dans sa remorque.

Cinq minutes plus tard la bande démarrait à son tour par un temps gris, humide mais très doux. Elle traversa le bourg de Quinéville, au lieu de longer la plage, et atteignit rapidement Ravenoville où les mobylettes furent garées comme la première fois dans la cour de l'épicier. Les Compagnons se dirigèrent alors vers les dunes. Grâce à Kafi, ils retrouvèrent la direction des Goubelins. La cabane de Flambart apparut au loin. Les mains en porte-voix, Tidou lança un appel :

— Eh ! Monsieur Flambart !…

Le vieil homme surgit aussitôt, son fusil entre les mains, prêt à viser celui qui l'interpellait. Mais il reconnut les Compagnons et leur fit signe de s'approcher. Mady s'avança la première en tenant Kafi par le collier. Flambart rentra dans sa cabane déposer son arme et accueillit les arrivants avec une drôle de tête, le front barré de rides soucieuses, le regard inquiet. Il paraissait à la fois furieux et bouleversé, à tel point que Mady se demanda s'il était dans son état normal. Sans prononcer un mot, il poussa les Compagnons à l'intérieur et referma la porte comme s'il voulait les garder prisonniers. Puis toujours muet, il ouvrit un placard de bois blanc, en sortit une feuille de papier, la tendit à Tidou en montrant du doigt des lettres découpées dans un journal et collées sur la page. Tidou lut tout haut :

— « Si tu retournes, la nuit, aux Saint-Marcouf, voilà ce qui t'attend. »

Au-dessous de ces deux lignes, au feutre, une tête de mort était grossièrement dessinée.

Penchés sur l'épaule de Tidou, les autres Compagnons regardèrent le dessin. Mady frissonna avant de demander :

— Que veut dire cette menace ?... Où est-ce que vous l'avez trouvée ?

— Ce matin, quelqu'un l'avait affichée sur ma porte. C'est bien une menace... une menace de mort. Mes deux agresseurs savent que je suis vivant. Pourtant, dans le journal, on annonçait seulement que j'avais été découvert sur la grève et transporté à l'hôpital de Cherbourg... pas que j'étais toujours en vie !

Cette fois, les ennemis de Flambart se manifestaient clairement. Ils savaient que, non seulement leur victime n'était pas morte, mais qu'elle habitait cette cabane perdue dans les dunes. Pensaient-ils que le vieil homme se débrouillerait pour trouver un autre bateau et qu'il reviendrait, la nuit, dans les îles... avec sa carabine, cette fois ?

Tidou demanda à Flambart s'il connaissait, dans l'ancien blockhaus, l'existence d'une dalle en béton recouvrant un trou profond de plusieurs mètres.

— Oui, répondit Flambart, un jour, par curiosité, je l'ai soulevée, malgré son poids. Au fond, j'ai aperçu de l'eau. J'ai pensé que, pendant la

guerre, les Allemands avaient creusé un puits pour trouver de l'eau douce.

— Non, reprit Tidou, c'est un faux puits. De ce trou part un tunnel qui descend en pente vers la mer et qui aboutit dans une salle bétonnée. Cette pièce est fermée, au fond, par une porte en fer qu'on n'a pas pu ouvrir. Hervé a pris l'empreinte de la clé ; il est allé à Cherbourg en faire fabriquer une.

Flambart secoua la tête.

— Vous ne trouverez sans doute rien derrière cette porte. Elle doit ouvrir sur une base de lancement de petites torpilles datant de la Guerre.

— Pourtant, on est certains que quelqu'un l'a ouverte il y a peu de temps. Dans la salle bétonnée, on a trouvé des chewing-gums récents et le panneau de fer porte des éraflures toutes fraîches.

Le vieil homme fronça les sourcils et murmura :

— Qu'est-ce qu'il peut y avoir derrière cette porte ? Après tout, vos soupçons me font douter. L'endroit où ils m'ont attaqué est tout près de là…

Il y eut un silence. Kafi, qui trouvait l'espace de la cabane trop étroit, fit comprendre à son maître qu'il avait envie de sortir pour gambader dans les dunes. Tidou ouvrit la porte pour le laisser sortir, puis la referma aussitôt.

— Et si, cette fois, suggéra Bistèque à Flambart, vous alliez avec nous aux Saint-Marcouf quand on aura la clé. Vous comprendriez peut-être mieux que nous ?

— Aller aux îles ?… Comment ?

— Notre ami Hervé approcherait son canot le plus près possible du rivage, puisqu'il n'est pas question d'aborder sur cette plage plate, et vous nous rejoindriez à la nage. Vous ne risquez rien avec nous et notre chien. D'ailleurs la menace précise bien : « la nuit ». En plein jour, vous ne courez aucun danger.

Flambart hésita. Finalement, il secoua encore la tête :

— Non… mais, demain, venez me dire ce que vous avez trouvé derrière cette porte, si vous réussissez à l'ouvrir.

— D'accord !…

Il était déjà dix heures. À cause de la distance à parcourir dans les dunes, les Compagnons ne s'attardèrent pas. Tidou rouvrit la porte et appela son chien :

— Kafi !… Kafi !…

L'animal ne répondit pas, comme à son habitude, par de joyeux aboiements. S'était-il trop éloigné ? À son tour, le Tondu, qui avait la voix forte, lança un puissant « Reviens, Kafi ! » qui resta sans écho.

— Bizarre ! remarqua Tidou, inquiet. Il ne va jamais très loin dans les endroits qu'il ne connaît pas.

Pour être sûr d'être entendu, il sortit son sifflet à ultrasons qui ne le quittait jamais. Kafi n'accourut pas à cet appel inaudible pour l'homme mais que les chiens perçoivent même à distance.

— Allons voir dans les dunes, décida la Guille.

Les Compagnons arpentèrent les collines de sable hérissées de hautes herbes. Soudain, Gnafron, qui marchait à une centaine de mètres de Tidou, lui fit signe de venir.

— Écoute, souffla-t-il, l'oreille tendue, on dirait des gémissements… de ce côté.

— Oui, approuva Tidou. C'est lui. Il lui est arrivé quelque chose.

Ils foncèrent vers l'endroit d'où venaient les plaintes et, tout à coup, Tidou s'arrêta, les traits figés.

— Oh !… Mon chien !

La pauvre bête était couchée sur le sable, la patte de devant prise dans un gros piège aux dents pointues. L'animal avait fait des efforts pour se

dégager et s'était déchiré la peau sur une dizaine de centimètres. Le sang coulait. Tidou se précipita sur le piège et, de toutes ses forces, en écarta les mâchoires pour libérer la patte blessée. Kafi poussa un cri quand les dents de métal s'arrachèrent de sa chair. Puis il essaya de se dresser. Sa patte était trop douloureuse. Il n'osait pas la poser sur le sol.

Gnafron appela alors les autres Compagnons dispersés dans les dunes. Tidou et trois de ses camarades transportèrent Kafi à la cabane de Flambart qui déclara :

— Ça ne m'étonne pas. Il s'est pris la patte dans un piège à renard. C'est le maire de Quinéville qui les a fait poser pour détruire ces sales bêtes qui risquent de transmettre la rage. J'aurais dû vous prévenir, il y a en partout dans les dunes. Pauvre chien !

— Vous pensez que les blessures faites par ces pièges sont graves ? demanda Tidou au vieil homme.

— Ça dépend. Pour les renards, pas de doute, les dents leur écrasent les os… mais ce chien est gros et fort ! Je vais lui faire un pansement pour arrêter le sang. Vous le conduirez ensuite chez le vétérinaire. Je crois qu'il y en a un à Saint-Waast.

Il déchira une vieille chemise à lui et entoura de son mieux la patte ensanglantée de Kafi qui se laissa faire. Puis il fixa le tissu avec de la ficelle.

— Maintenant, dit-il, filez vite.

Quand un chien souffre d'une blessure à une des pattes arrière il arrive tout de même à marcher facilement sur les trois autres, mais quand une de devant est atteinte, il se déplace moins bien. Les Compagnons se mirent à quatre pour porter Kafi à travers les sables jusqu'au bourg de Ravenoville où Tidou l'installa dans la remorque.

— Roulons lentement, dit Mady. Les secousses pourraient lui faire mal.

Tout le long de la route, les Compagnons gardèrent le silence. Ils avaient presque oublié ce qui les préoccupait tant quelques heures plus tôt. À chaque instant, Tidou se retournait pour regarder son chien qui ne paraissait pas trop souffrir et ne gémissait plus.

Il était près de midi quand ils arrivèrent à Saint-Waast. Mady, qui roulait devant, mit pied à terre devant la première passante qu'elle rencontra, une vieille dame à qui elle demanda s'il y avait bien un vétérinaire dans le village et où il habitait.

— Où il habite ? répondit la femme. Vous venez de dépasser sa maison, celle qui a des arbustes devant la porte… mais je ne sais pas si vous le trouverez, il est souvent en consultation dans les fermes.

Par chance, il était chez lui, prêt à passer à table. En bon vétérinaire qui aime les animaux, il accepta tout de suite de s'occuper de Kafi qu'il trouva splendide.

— C'est grave ? demanda Tidou en le voyant défaire le linge entortillé par Flambart.

— Je te dirai ça quand je lui aurai fait passer une radio. Accompagne-le dans ce cabinet.

Sur trois pattes, Kafi suivit docilement son maître et le vétérinaire, tandis que les autres Compagnons, aussi inquiets que Tidou, restaient dans la salle d'attente. Dix… quinze minutes passèrent.

— C'est sans doute très grave, dit Mady. Pauvre Kafi !

Mais soudain, Tidou reparut, presque souriant, comme si un miracle s'était produit, escorté de Kafi portant cette fois un pansement bien fait.

— Vous pouvez être rassurés, annonça le vétérinaire, pas de fracture, simplement quelques ligaments déchirés. La cicatrisation se fera vite.

Mais il devra marcher sur trois pattes pendant une semaine ou deux.

Les Compagnons poussèrent un soupir de soulagement. Une fois Kafi replacé dans sa remorque, ils filèrent aux « Hortensias » où Hervé et Cécile devaient être rentrés depuis longtemps… Pourtant non, le garage était vide. Ils entrèrent dans la villa dont Cécile n'avait pas verrouillé la porte. Personne.

— Ça alors ! fit le Tondu, en se grattant le crâne sous son béret, eux aussi ils vont nous faire nous inquiéter !

— Ne blague pas, répondit Mady, encore bouleversée par l'accident de Kafi. Ils sont peut-être tombés en panne ou quelque chose de plus grave.

À une heure de l'après-midi, ils attendaient toujours qu'apparaissent leurs amis. Mais tout à coup, Kafi, couché au pied d'une chaise de la salle à manger, dressa les oreilles. Il devait avoir reconnu un bruit familier. Les Compagnons se précipitèrent dans le jardin juste au moment où la voiture s'arrêtait dans la rue, et où Hervé en descendait en brandissant une clé toute neuve.

— La voilà ! Ça n'a pas été simple ! Dans les trois premières serrureries où on est entrés, on nous a envoyés balader. J'ai quand même déniché un petit artisan qui a accepté de faire la clé… contre une bonne somme d'argent ! C'était tellement compliqué qu'il n'a fini qu'à midi et demi. Mais elle est faite, c'est l'essentiel… et ce soir on saura peut-être !

chapitre 8

L'étui de la boussole

En apprenant que Flambart avait été menacé de mort, Hervé et sa sœur eurent le même sentiment. L'affaire devenait inquiétante. La menace de mort prouvait que l'île était le terrain d'une activité suspecte.

— Dès que la mer sera assez haute, à partir de quatre heures, on ira essayer la clé, décida Hervé. En attendant, on a le temps de déjeuner tranquillement. Je meurs de faim. Pas vous ?

— Oh ! si, répliqua la Guille qui avait un appétit d'ogre.

Bistèque s'affaira dans la cuisine. À deux heures, le repas, très simple, était prêt : des steaks à la crème comme on les mange dans le Cotentin

et des pommes de terre bouillies… avec de la crème aussi.

Dès trois heures, les Compagnons et Hervé quittèrent « Les Hortensias » pour se rendre au port où le *Chahuteur* reposait, presque à sec, calé sur ses béquilles. Comme la veille, des marins-pêcheurs erraient sur le quai, parlant d'un de leurs collègues qui, lui aussi, venait de vendre son chalutier. Comme l'avait prévu Hervé, la mer ne devint navigable qu'à partir de quatre heures. Alors les Compagnons descendirent à bord avec Mady. Le pauvre Kafi était resté à la villa avec Cécile.

Très vite, le canot prit de la vitesse et, au moment où il passa au large de Quinéville, Mady reprit les jumelles. Elle en était sûre ! L'homme de la villa bleue était encore posté derrière sa longue-vue, le regard braqué vers le *Chahuteur* comme si c'était vraiment le seul bateau qui l'intéressait. Pourquoi surveillait-il les allées et venues du canot aux îles Saint-Marcouf ? Mady poussa un cri de surprise en apercevant une deuxième silhouette dans l'encadrement de la fenêtre. L'homme à la longue-vue n'était donc pas seul à s'intéresser à leurs sorties en mer. Était-ce suffisant pour confirmer le rapprochement entre les agresseurs de Flambart et les locataires de la villa bleue ?

— Regardez, dit-elle… mais pas trop longtemps, ces deux types, eux aussi, doivent parfaitement voir que nous les observons.

Les Compagnons aperçurent chacun leur tour, à travers les jumelles, la présence des deux hommes dans la pièce. Mais le *Chahuteur* s'éloignait à toute allure. Déjà l'île du Large se rapprochait. Cette fois, puisque la mer était calme, Hervé la contourna par le nord pour atteindre la petite crique. Quelques instants plus tard, les Compagnons sautaient à terre et grimpaient vers l'ancienne forteresse. La dalle de béton était comme ils l'avaient laissée la veille, recouverte du sable que Tidou avait répandu pour effacer toute trace de leur passage. Cette fois, Hervé avait emporté un démonte-pneus qui facilita le soulèvement de la lourde plaque.

Les uns derrière les autres, éclairés par trois lampes de poche munies de piles neuves, les sept explorateurs descendirent dans le puits, se faufilèrent dans la galerie pour aboutir dans la salle principale. Hervé sortit alors sa clé. Chacun retint sa respiration quand il l'introduisit dans la serrure. Impossible de la pousser complètement, même en forçant.

— Le modelage s'est peut-être déformé, suggéra Mady. Si on en refaisait un, on pourrait comparer avec la clé.

— Bonne idée ! approuva le Tondu, je cours chercher le mastic dans le canot.

Pendant son absence, Tidou et Gnafron, à leur tour, tentèrent leur chance, sans succès. Il fallut attendre le retour du Tondu et reprendre une nouvelle empreinte. La Guille l'examina avant de s'écrier :

— Hervé, malgré tes précautions le moulage n'était pas parfait. Regarde, ce côté est trop long… et cet espace trop étroit. Il faudrait une lime.

— J'ai pensé à tout, répondit le « petit » Gnafron. J'en ai trouvé une dans le fond de ton garage, Hervé, avant de partir. Tiens.

La lime plate, très fine, convenait parfaitement pour ce travail minutieux. Mais Hervé était un peu maladroit et il ne parvint pas à corriger correctement le dessin de la clé.

— Laisse-moi faire, proposa le Tondu, j'ai l'habitude des outils.

Il rogna le bout trop long, élargit l'espace trop étroit, en réajusta un autre.

— Voilà, dit-il en plaisantant, si ça ne marche pas, je me laisse pousser les cheveux jusqu'en bas du dos !

Et sans trop d'effort, la lourde porte tourna sur ses gonds sans grincer, ce qui prouvait qu'elle avait été utilisée récemment. Un trou béant et noir apparut. Trois lampes se braquèrent et éclairèrent un nouveau tunnel en béton, cylindrique celui-là, large d'environ un mètre et plongeant directement dans la mer dont on entendait, au fond, le clapotis.

À l'entrée du tunnel, quatre batteries de voitures s'alignaient. Elles étaient reliées à un appareil, que le Tondu, le mécanicien-électricien-dépanneur de la bande, reconnut aussitôt :

— Un transformateur, déclara-t-il. Ça sert à obtenir encore plus d'électricité que le voltage produit par ces batteries.

Et ce n'était pas tout. Des fils partaient de ce transformateur et descendaient vers la mer.

— Je suppose, expliqua le Tondu, que le courant est dirigé vers un autre appareil sous l'eau. Il faudrait attendre la marée basse pour le voir.

— Impossible, répondit Hervé, on ne pourra repartir qu'avec la nouvelle marée, à la fin de la nuit. Ce serait risqué… et Cécile n'est pas prévenue.

Les Compagnons se regardèrent, incertains.

— Alors, qu'est-ce qu'on fait ? demanda Tidou.

— Si vous voulez mon avis, dit Mady, on ne touche à rien. Cherchons d'abord à savoir qui sont ces deux hommes qui nous surveillent avec leur longue-vue. Je ne dis pas que ce sont eux qui ont assommé Flambart, mais nos allées et venues les intéressent un peu trop. Aujourd'hui, il est trop tard. Mais demain, on devrait observer discrètement la villa bleue.

— Oui, trop tard, approuva Hervé qui ne tenait pas à rentrer de nuit. Bouclons la porte et filons.

Le soir tombait, en effet, quand ils reparurent à la surface de l'île. La bande rejoignit rapidement la crique et Hervé reprit la direction de la côte. Le ciel était déjà très sombre quand le *Chahuteur* repassa au large de Quinéville. Mady ne put apercevoir le guetteur à son poste. Elle constata seulement que la fenêtre était toujours ouverte, bien que la température se soit nettement refroidie.

— D'après moi, fit Mady, ils attendaient notre retour. Ils ont peut-être eu peur qu'on reste là-bas toute la nuit.

Une fois débarqués à Saint-Waast, les Compagnons regagnèrent la villa, Tidou en tête, pressé de savoir comment allait son chien. En apercevant son maître, Kafi se leva sur ses trois pattes, et s'approcha de lui, la queue frétillante. Apparemment, il souffrait moins et avait l'air de

se demander à quoi servait ce si gros bandage qui le gênait.

Cécile commençait à s'inquiéter. C'était la première fois que son frère rentrait de nuit avec le *Chahuteur.* Hervé s'empressa de lui raconter la découverte de mystérieuses batteries, derrière la porte de fer, et Mady, elle, insista sur le fait que les habitants de la villa bleue avaient encore surveillé le bateau à l'aller et au retour.

— À mon avis, conclut-elle, aucun doute, ils sont mêlés à cette affaire. Demain matin, on devrait faire une petite expédition à Quinéville.

— Tous ? s'étonna Cécile. Vous n'avez pas peur d'être reconnus ? Avec leur longue-vue ces deux types ont pu vous examiner en détail… Et si j'y allais plutôt, moi toute seule, en voiture : qu'est-ce que vous en pensez ?

— Formidable ! s'écria le Tondu. Tu es une fille géniale, Cécile, aussi géniale que Mady !

Ce soir-là, après le dîner, tous se couchèrent de bonne heure. Les cinq garçons grimpèrent dans leur grenier, avec Kafi que son maître et le Tondu voulurent porter pour lui éviter les marches raides. Mais le courageux Kafi protesta et il monta là-haut tout seul, sur trois pattes.

Gnafron se mit à ronfler presque aussitôt, comme chaque fois qu'il s'allongeait sur le dos.

Puis, à leur tour, Bistèque et la Guille partirent dans le domaine des rêves. Seuls le Tondu et Tidou restèrent éveillés. Leurs sacs de couchage se touchaient et tous deux se mirent à bavarder à voix basse.

— Cette affaire traîne trop, murmura Tidou. Dans trois jours on doit reprendre le chemin du retour.

— C'est vrai, approuva le Tondu, trois jours, c'est court, mais demain matin Cécile nous rapportera peut-être du nouveau de sa tournée à Quinéville.

— Pas sûr. La plage est morte. Qui la renseignera sur les habitants de cette villa ?... Et est-ce qu'elle pourra la surveiller sans être remarquée ? Et puis, Mady a beau être convaincue que ces deux hommes sont les agresseurs de Flambart, elle n'a aucune preuve. Ils observent le *Chahuteur*, d'accord, mais pourquoi ?

Un silence se prolongea. Instinctivement, Tidou étendit la main pour caresser son chien étendu contre lui. Soudain, il frissonna :

— Mais... je suis bête ! L'étui à boussole !... Kafi peut nous donner une preuve.

Il jeta un coup d'œil sur le cadran lumineux de sa montre :

— Déjà onze heures ! Si on filait tout de suite sur la plage de Quinéville avec Kafi ?

— Tu crois qu'il pourra nous suivre ?

— Je vais le transporter dans la remorque.

— D'accord ! approuva le Tondu, je te suis. Il vaut mieux être deux… mais pas de bruit. Inutile de réveiller les copains !

Ils se glissèrent hors de leurs sacs de couchage et descendirent avec Kafi qui refusa encore d'être aidé. Les mobylettes étaient garées au fond du garage, derrière la voiture. Ils sortirent chacun la leur, puis la remorque où Tidou installa son chien. Pour ne pas risquer d'être entendus, les deux amis ne grimpèrent sur leurs machines que cent mètres plus loin et prirent la petite route qui longeait la côte.

En arrivant à Quinéville, sur la petite plage, ils descendirent de leurs deux-roues et marchèrent à pied avec Kafi qui les suivait péniblement sur trois pattes. La nuit était sombre. Les vacances étant presque finies, les lampadaires du boulevard tout proche ne fonctionnaient plus. Un vrai désert.

Les deux amis longèrent, jusqu'au bout, la rangée de villas fermées pour s'arrêter à proximité de celle qui les intéressait et dont la silhouette se découpait à peine sur le fond noir de la nuit.

— Aucune lumière à travers les volets, murmura le Tondu, tout le monde dort à l'intérieur.

Tidou montra alors l'étui de cuir à Kafi qui reconnut l'odeur déjà flairée et poussa un petit grognement qui signifiait : « Oui, j'ai compris. » Son maître lui mit alors sa laisse et les deux amis le suivirent. Après avoir tourné à gauche puis à droite, Kafi se rapprocha de la villa et, finalement, vint se planter devant la porte d'entrée en agitant la queue.

— Mady avait raison, souffla le Tondu. Je ne sais pas où elle va chercher ses intuitions, elle se trompe rarement. Qu'est-ce qu'on fait, maintenant ?

— Le tour de la villa… mais pas de bruit.

Avec Kafi, toujours en laisse, ils contournèrent les murs de l'habitation et le chien s'arrêta de nouveau devant une porte, celle du garage de la villa. Kafi flaira le sol et fourra son museau sous la large porte à deux battants.

Soudain, le Tondu tendit l'oreille et donna un coup de coude à Tidou pour lui signaler de l'imiter.

— Un petit bruit ! souffla-t-il, une sorte de grésillement… ou plutôt de ronronnement.

— Oui, j'entends. Qu'est-ce que c'est ?

Le Tondu ne répondit pas. Il continuait d'écouter, la main contre l'oreille, cherchant à identifier ce léger ronflement qui ressemblait à celui d'un réfrigérateur en marche. Enfin, il souffla :

— Ça y est, j'ai compris… Un chargeur ! Des batteries sont branchées dans le garage, pour se recharger.

Pour en être sûr, il s'allongea à plat ventre et, après avoir vérifié que Kafi ne donnait pas l'alerte, se risqua à allumer sa lampe de poche pour glisser le rayon entre le bas de la porte et le sol. Tidou s'aplatit à son tour. En effet, le faisceau lumineux éclaira plusieurs blocs noirs qui ne pouvaient être que des batteries de voiture. Les occupants de cette villa étaient donc bien ceux qui avaient assommé Flambart et ceux qui accédaient au souterrain de l'ancien blockhaus.

Malgré tout, les deux Compagnons voulurent quand même faire une fois de plus le tour de l'habitation, à la recherche de nouveaux indices. Soudain, un battement de volets les fit sursauter. Ils se plaquèrent aussitôt contre le mur de la villa, Kafi à leurs pieds. Une silhouette se découpa sur le sol, dans la lumière crue venant de la pièce éclairée. Une voix lança :

— Non… c'est rien… sans doute le vent.

Le vent, c'est vrai, s'était levé, faisant grincer la girouette en haut du toit. Enfin les volets se refermèrent et la lumière s'éteignit à l'intérieur.

Les deux amis attendirent encore quelques minutes avant de s'éloigner, penchés en avant, abrités par des arbustes.

— Rentrons vite, décida Tidou, on en sait assez.

Ils reprirent leurs mobylettes, firent quelques mètres à pied, puis se mirent en selle et regagnèrent « Les Hortensias » à toute vitesse. Ils trouvèrent tout le monde debout. Endormi le premier, le « petit » Gnafron s'était réveillé sur le coup de minuit. Il avait alors remarqué l'absence du Tondu, puis celle de Tidou et de Kafi. Il avait secoué les deux autres dormeurs. Bref, tous les trois étaient descendus au premier alerter Mady, Cécile et Hervé. En pyjama, tous s'étaient installés dans la salle à manger en attendant les absents.

— Formidable ! annonça le Tondu à son arrivée. On vient de trouver deux preuves que les occupants de la villa bleue sont bien ceux qui ont assommé Flambart et ceux qui descendent dans la galerie souterraine.

Il raconta ce qu'ils avaient vu et entendu.

— J'en étais sûre, fit Mady, sans se vanter.

Et, se tournant vers Cécile :

— Tu veux qu'on aille rôder autour de la villa ? Les commerçants de la plage nous donneront des renseignements sur ces deux types. Avec un peu de chance on saura peut-être quand ils ont l'intention de retourner aux îles.

— Oui, approuva Cécile… mais si tu veux m'accompagner, change-toi de la tête aux pieds.

— D'accord, on partira en début de matinée. En attendant, tous au lit !

chapitre 9

Un plan astucieux

Quand les Compagnons, Cécile et Hervé se levèrent, sur les coups de huit heures, le mauvais temps s'était aggravé. Des nuages sombres et bas couraient dans le ciel, poussés par un vent assez violent qui hérissait la mer de crêtes blanches. Il tombait une fine pluie froide.

— Parfait, je vais enfiler mon imper et mettre une capuche, dit Mady. Impossible d'être reconnue !

Après le petit déjeuner, Cécile sortit la voiture et Mady s'assit à côté d'elle. Un quart d'heure plus tard, par la route côtière, elles arrivaient à la plage de Quinéville-Plage. Pas un chat sur l'avenue ni sur le sable. Poursuivant son chemin, la

petite voiture arriva devant la villa bleue dont les volets étaient ouverts mais les fenêtres fermées. Les rideaux tirés empêchèrent Mady d'apercevoir la longue-vue. Le garage lui aussi était fermé. Cécile dépassa la ville de quelques centaines de mètres, jusqu'à l'endroit où la plage se perdait dans les dunes, puis rebroussa chemin, pour stopper devant l'unique épicerie du bord de mer.

— Je m'en doutais, fit Cécile, elle a déjà fermé, il ne reste plus assez de clients. Pourtant, nos deux individus doivent bien se ravitailler quelque part… probablement au centre de Quinéville, à trois kilomètres d'ici. Allons voir !

Le centre n'était pas grand. Il comptait cependant plusieurs commerçants : deux épiceries, une boulangerie et un café qui faisait bureau de tabac.

— Entrons chez le boulanger, décida Mady. Les deux hommes y vont probablement assez souvent.

Cécile avait justement besoin de pain pour le repas. Elle demanda deux « tourtes », ces gros pains ronds que l'on fait encore en Normandie… mais, au dernier moment, elle n'osa pas parler des occupants de la villa bleue. Heureusement, Mady était moins timide. Avec son petit sourire aimable, elle avait le don de mettre à l'aise les gens les plus fermés. D'ailleurs, elle n'eut pas à faire de gros efforts pour amadouer la boulangère, une commerçante qui voyait peut-être déjà en ces deux jeunes filles de nouvelles clientes.

— On vient de faire un tour en voiture à la plage de Quinéville, commença Mady. Toutes les villas sont fermées, sauf une, la dernière, un peu à l'écart, au bout de la plage maritime, une villa peinte en bleu. On est déjà passées devant plusieurs fois, elle a souvent une de ses fenêtres ouvertes. Vous savez qui l'habite ?

— Oh ! oui, la villa bleue !… Elle appartient à une dame née ici, mais qui ne vient plus jamais depuis la mort de son mari et qui la loue à des vacanciers. Elle est occupée depuis le printemps par deux messieurs.

— Vous les connaissez ?

— En juillet et en août, ils achetaient leur pain au kiosque sur la plage, mais depuis la fin de l'été, ils viennent ici tous les deux jours. Je ne les ai pas vus hier. Ils pourraient bien passer aujourd'hui.

— Ils sont seuls ?… pas de famille ?

— Ce sont deux frères, deux célibataires. Un jour, avant la saison, alors qu'il faisait un sale temps comme aujourd'hui, j'ai demandé à celui qui venait chercher son pain pourquoi ils restaient à la plage si longtemps. Il m'a répondu que son frère, malade, avait besoin de l'air marin... Mais pourquoi me demandez-vous tout ça ?

— Oh ! Pour rien, fit Mady en riant. Par curiosité ! Comme vous dites, la plage de Quinéville doit être plutôt triste en dehors des deux mois de vacances. Je commence à comprendre. Ce doit être parce que l'un d'eux est malade qu'il laisse sa fenêtre ouverte.

— Oui, sûrement ça, pour respirer l'air du large.

Bavarde, la boulangère allait encore ajouter quelque chose quand, soudain, la sonnette de la boutique vibra. Elle jeta un clin d'œil à Mady. Les deux jeunes filles se retournèrent. Un homme venait d'entrer, grand, les cheveux bruns, vêtu d'un imperméable à peine mouillé. Il avait dû venir en voiture. De sa poche, dépassait un paquet de chewing-gums à la réglisse. L'homme s'approcha du comptoir et demanda une baguette, un paquet de chewing-gums à la menthe et un paquet à la réglisse. Mady et Cécile firent semblant de s'intéresser aux chocolats pâtissiers exposés dans la vitrine. Un deuxième client entra dans la boutique, un pêcheur avec sa casquette bleue à visière noire. Visiblement, il connaissait l'homme aux chewing-gums. Pendant que la boulangère allait chercher des baguettes chaudes dans l'arrière-boutique, ils se mirent à discuter de pêche. L'homme demanda si le poisson était toujours aussi rare sur la côte.

— Une vraie catastrophe, confirma l'ancien pêcheur. C'est incompréhensible. Bientôt, tout le monde ici sera au chômage.

Puis il jeta un œil au ciel à travers la baie vitrée de la boulangerie.

— Quel mauvais temps ! Le vent va souffler fort la nuit prochaine.

— Vous croyez ?... et la nuit suivante ?

— Là, vous m'en demandez trop. Je ne suis pas dans les secrets de la météo !

Mady et Cécile le remarquèrent, la réponse évasive du pêcheur déçut l'homme qui régla ses achats et sortit pour se diriger vers une grosse Peugeot garée plus loin dans la rue. À leur tour, les deux filles s'élancèrent sous la pluie jusqu'à leur voiture.

— Une chance « formidable », comme dirait le Tondu, fit Mady. Tu as compris comme moi, Cécile ?

— Oui, le type voulait savoir quel temps il fera, non pas la nuit prochaine mais la suivante.

— Conclusion ?

— Les deux individus doivent retourner aux îles cette nuit-là. On peut dire que le hasard fait bien les choses !

Du coup, Cécile rentra si vite à Saint-Waast que, dans un virage, la voiture dérapa sur la route mouillée et faillit se renverser dans le fossé.

Les Compagnons furent ravis de ces nouveaux indices. Pendant le repas, préparé par Bistèque, tous furent d'accord avec Hervé pour passer cette nuit-là aux Saint-Marcouf et prendre les deux complices en flagrant délit.

— Faisons tout de suite un plan, dit Tidou, même si, au dernier moment, le mauvais temps nous oblige à le modifier. Voici ce que je propose : pour être sûr de ne pas les manquer, il faudra rester sur l'île du Large dès le soir et jusqu'au lendemain matin. Hervé, à quelle heure le *Chahuteur* pourra prendre la mer, après-demain ?

— Sûrement pas avant six heures et demie.

— Bon, on embarquera dès qu'il sera à flot… en nous tassant tous au fond. Si on nous espionne de nouveau, Cécile semblera être seule à bord.

— Cécile ? Elle sait piloter mais elle n'a pas son permis de navigation. En plus, elle a le mal de mer…

Tidou, embarrassé, se gratta la joue.

— Alors, Hervé, c'est toi qui te mettras au volant.

— Impossible !

— Pourquoi ?

— Il faut que le canot rentre à Saint-Waast. D'abord pour que les deux guetteurs soient bien rassurés en le voyant revenir, d'autre part parce que s'ils le trouvent au fond de la crique quand ils y aborderont eux-mêmes, ils feront demi-tour immédiatement.

Il y eut un silence. De plus en plus embarrassé, Tidou reprit :

— Si Cécile ne peut pas nous conduire, il faut bien que tu te sacrifies, Hervé, que tu acceptes de nous laisser.

— Ce n'est pas seulement un sacrifice. Imagine qu'il se passe quelque chose : je ne veux pas que vous soyez seuls là-bas…

Un instant ils arrêtent de manger et réfléchissent. Soudain, Gnafron a une idée :

— Et si on demandait à Flambart de venir. Il est vieux mais solide. Malgré ses blessures, il a fait plus de six kilomètres à la nage.

— Il n'acceptera pas, répliqua Cécile.

— C'est vrai, qu'il a peur des policiers mais en apprenant que ses deux agresseurs vont retourner sur l'île, il se décidera peut-être. Si le vent ne souffle pas trop, tout à l'heure, on pourrait aller aux Goubelins.

Hervé hocha la tête. Il était plus âgé que les Compagnons, il se sentait un peu responsable d'eux.

— Zut ! fit la Guille, pour une fois qu'on n'a pas emporté les talkies-walkies pour ne pas surcharger nos sacs. Pas de chance !

— Des talkies ? reprit Cécile. Il y a cinq ou six ans, on en avait pour s'amuser à communiquer, Hervé et moi. Ils étaient très puissants, d'ailleurs, pour des jouets. Ils captaient à une dizaine de kilomètres.

— Ils sont ici ?

— Je crois ; dans un placard de ma chambre.

Cécile monta au premier et rapporta les deux appareils. Ceux-ci étaient en parfait état et fonctionneraient une fois les piles changées.

Du coup, Tidou eut le sourire.

— Tu vois, dit-il à Hervé en lui donnant un coup de coude amical, pas la peine de te tracasser pour nous. Avec Flambart et un talkie, on ne risque rien.

Puis, à Cécile :

— Tu pourrais nous emmener tout à l'heure à Ravenoville, Mady et moi ? Tu nous attendrais dans le bourg pendant qu'on irait aux Goubelins.

— D'accord. Le temps de finir le dessert et je vous conduis.

Un quart d'heure plus tard, la petite voiture filait vers Ravenoville, légèrement ballottée par le vent puissant.

Courbés en deux dans la tempête, Tidou et Gnafron traversèrent les dunes à pied, leurs capuches jusqu'aux yeux, aveuglés par la pluie. Dans les rafales qui hurlaient, ils s'approchèrent de la cabane :

— Hé ! Flambart !

Les tôles du toit, soulevées par le vent, faisaient tellement de bruit que le vieil homme n'entendit pas. Tidou cogna à la porte. Il apparut alors, avec son fusil qu'il avait eu le temps de décrocher.

— Ah ! c'est… c'est vous ? bredouilla-t-il. Quel temps… Du nouveau ?

— Oui, du nouveau. On connaît vos agresseurs. On sait où ils logent. Ils se préparent à retourner sur l'île demain soir.

— Qu'est-ce qu'ils y font ?

— Sûrement rien d'honnête. On a décidé de passer toute la nuit aux Saint-Marcouf… sans Mady, qui préfère tenir compagnie à Cécile et Hervé. On sera cinq… plus vous si vous acceptez de venir.

L'homme secoua la tête. Tidou et Gnafron crurent qu'il allait carrément refuser. Il demanda :

— Comment vous rejoindre là-bas ? Je n'ai plus de bateau.

— La sœur d'Hervé pourrait venir vous prendre, demain, dans l'après-midi, à de Ravenoville.

Flambart sembla hésiter. Puis ses yeux brillèrent et ses lèvres esquissèrent un sourire.

— C'est bon !... Dites à la sœur de votre copain de venir me chercher à cinq heures, demain... mais seulement si la tempête se calme.

— D'après vous, elle va durer ?

— En cette saison, le temps change d'une demi-journée à l'autre.

Là-dessus, il tendit sa grosse main aux Compagnons qui, satisfaits, repartirent dans le vent. Trois quarts d'heure plus tard, ils rapportaient la nouvelle à la maison.

Tout le reste de l'après-midi, aux « Hortensias », on ne parla plus que de l'expédition du lendemain. Pour le Tondu, c'était certain : les deux individus se rendaient régulièrement dans l'île pour changer les batteries qui fournissaient de l'électricité à un mystérieux appareil sous-marin.

— Comment est-ce que vous allez neutraliser les deux hommes ? demanda Hervé.

— C'est simple, déclara Tidou, on les prendra au piège, en les bloquant au fond de la galerie, dans la salle bétonnée. Face à face avec Flambart, ils seront bien obligés de s'expliquer.

— Et s'ils résistent ?

— À six contre deux, ils ne pourront rien.

Pour occuper la fin de la journée, les Compagnons, Hervé et Cécile firent plusieurs parties de Scrabble, au son de l'harmonica de la Guille. Mais dehors, la tempête continuait de rugir et tous pensaient au lendemain. Le dîner terminé, ils regardèrent un film à la télé. À la fin, Hervé éteignit le poste en disant :

— Allons nous coucher. La nuit prochaine sera longue…

Dans leur grenier, où le vent sifflait sous les ardoises, les cinq garçons ne s'endormirent pas tout de suite. Ils discutèrent longtemps avant de fermer les yeux. Tidou fit cauchemar après cauchemar. Si la tempête durait plusieurs jours, c'était fini. Ils n'auraient pas le temps de percer le mystère des îles Saint-Marcouf avant de repartir pour Lyon.

chapitre 10

Le Tondu a une idée

Après une nuit terrible, la tempête se calma, apportant une lueur d'espoir aux Compagnons. Brusquement, vers midi, le vent perdit de sa violence comme s'il s'était vidé jusqu'au dernier souffle.

— L'accalmie durera peut-être jusqu'à demain, estima Hervé.

Dès quatre heures, Cécile prit sa voiture et fila à Ravenoville chercher Flambart qu'elle ramena aux « Hortensias », enveloppé dans un vieux ciré, une casquette de marin enfoncée jusqu'aux yeux et chaussé de ses fameuses bottes rapiécées.

— Vous aussi, recommanda Mady à ses amis, prenez ce que vous avez de plus chaud.

À cinq heures, bien que la marée soit encore haute, la bande était prête. Tidou donna ses dernières instructions aux deux filles.

— Dès qu'Hervé rentrera à Saint-Waast, vous prendrez la voiture pour aller vous cacher près de la villa. On fera un essai de talkies pour savoir si la distance n'est pas trop grande. Dès que les deux types sortiront, prévenez-nous… en espérant qu'ils sortent, bien sûr, ce qui n'est pas certain, vu le temps. Surveillez-les bien !

— Compte sur nous, le rassura Mady… mais Kafi ? On le laisse seul aux « Hortensias » ?

— Prenez-le avec vous, il vous signalera les bruits dans la maison.

En entendant son nom, l'animal dressa les oreilles. Il avait compris que son maître ne l'emmènerait pas.

Enfin, les six garçons et Flambart s'apprêtèrent à quitter la villa, mais Kafi regarda encore son maître d'un air triste qui semblait dire : « Quoi ? Tu m'abandonnes, Tidou, parce que je suis blessé ?… Tu n'as plus confiance en moi ? »

— Dommage qu'il boite, soupira le « petit » Gnafron. Rien qu'à voir les crocs de ce molosse, les deux hommes auraient été terrifiés.

Il se tourna vers Tidou :

— Tu es sûr qu'on ne devrait pas le prendre quand même, pour faire le guet ? Il a l'ouïe si fine.

— Non, trancha carrément Tidou.

Il tenait trop à son chien pour l'exposer au moindre danger.

— Avec son pansement blanc, il serait vite repéré, même de nuit, expliqua-t-il.

— C'est seulement ça ? questionna le Tondu. On peut recouvrir le bandage d'un bout de tissu sombre. Moi aussi, je me sentirais plus en sécurité avec lui. D'ailleurs, regarde, il commence à poser sa patte blessée sur le sol.

Tidou hésita encore quelques instants mais finit par céder. Cécile s'empressa alors de dénicher un bout d'étoffe bleu foncé dont elle entoura habilement la patte de Kafi qui se laissa faire sans protester.

Les six garçons et Flambart venaient à peine de sortir, avec Kafi qui, effectivement, pouvait s'appuyer sur sa patte quand Bistèque s'exclama :

— Des cordes !… Il faudrait emporter des cordes. Au cas où les individus ne viendraient pas, à cause de la mer déchaînée, l'un d'entre nous pourrait descendre examiner, à marée basse, l'appareil qui se trouve au fond.

Hervé fit demi-tour et rapporta non pas une mais deux cordes, trouvées au fond du garage, des cordes assez solides pour supporter le poids d'un homme.

Au moment où la bande arrivait sur le quai, des marins erraient encore, les mains dans les poches, déprimés de ne plus pouvoir pêcher. Hervé reconnut l'un d'eux et lui demanda s'il était prudent de sortir en mer.

— Pas de danger. Avec un bateau bien quillé comme le tien tu ne risques rien. Où est-ce que tu veux aller ?

— Jusqu'aux Saint-Marcouf.

— Ne rentre quand même pas trop tard, je me méfie de ces soudains moments de calme, surtout en cette saison.

Dès que le *Chahuteur* commença à se balancer, Hervé sauta à bord pour enlever les béquilles qui, à marée basse, le maintenaient droit debout. Puis les Compagnons et Flambart descendirent dans le canot, avec Kafi, qui franchit la lisse sans aide.

Une fois que le bateau eut quitté le port, Tidou commanda :

— Tous dans la cabine !

Ils s'y entassèrent. Serrés comme des sardines, ils baissèrent la tête pour faire croire que le pilote était seul à bord. Un quart d'heure plus tard, le *Chahuteur* passait devant Quinéville et, discrètement, Tidou prit les jumelles pour observer la villa bleue. Gêné par les mouvements du bateau, il eut beaucoup de mal à apercevoir l'habitation. Il y parvint, juste un instant, le temps de constater que la fenêtre du premier était ouverte et la longue-vue braquée sur le *Chahuteur.*

Tout en accélérant, Hervé piqua droit vers l'île du Large qu'il contourna par le sud avant d'aborder la crique où l'eau clapotait dans un bruit sauvage. Il eut beaucoup de mal à accoster. La manœuvre prit plus d'un quart d'heure. Enfin, il put déposer les garçons, Flambart et Kafi. Puis, avec un air de regret, il remit son moteur en marche et fila vers le nord, ses feux de bord allumés à cause de la brume… et pour être sûr que les deux hommes le voient rentrer.

Restés seuls, les Compagnons eurent soudain une drôle d'impression : celle d'être coupés du monde. Heureusement, Flambart était avec eux. Et il avait déjà fait l'expérience de passer la nuit sur cette île déserte.

— Cherchons tout de suite un endroit où nous cacher, dit-il. Derrière les remparts, par exemple, assez près de la dalle pour entendre ce qu'ils diront.

Ils grimpèrent dans l'ancienne forteresse, avec Kafi qui suivait en boitillant.

— Là, dit Flambart en montrant une muraille à demi écroulée. On ne les verra pas soulever la dalle, mais on les écoutera… On risque d'attendre longtemps. Selon moi, ils n'arriveront qu'à la fin de la marée haute.

Ils s'assirent au pied du rempart qui les protégeait du vent. La nuit était tombée, lugubre, remplie des mugissements de la mer. Pas question d'allumer une lampe de poche. Le rayon aurait pu être aperçu de la côte. Pour passer le temps, Bistèque déballa son sandwich. Une fois le pique-nique terminé, la Guille sortit son harmonica mais, dans le vrombissement de la mer, le son qui en sortit parut si faible, qu'il refourra l'instrument dans sa poche.

— Déjà une heure et demie qu'Hervé est reparti, fit remarquer Tidou en jetant un regard sur sa montre. Il doit être en train de faire le guet, maintenant, avec Cécile et Mady, tout près de la villa. Je me demande pourquoi Mady ne m'appelle pas…

Son talkie près de lui, il attendait depuis un moment le petit déclic qui annoncerait l'appel.

« Bizarre ! se dit-il. Ils ne sont pas encore arrivés à Quinéville ? »

Alors, il appuya sur le bouton :

— Mady !… Allô, Mady !…

Aucune réponse. Pourtant l'appareil fonctionnait puisqu'il laissait échapper un petit grésillement.

— Si ça se trouve, dit Gnafron, Quinéville est juste à la limite de la portée du talkie. D'après Cécile, les ondes peuvent parcourir une dizaine de kilomètres, c'est-à-dire plus ou moins la distance qui nous sépare de la villa bleue. J'ai regardé la carte, ce matin.

Catastrophe ! Comment savoir si les deux hommes prendraient la mer… et à quelle heure ? Il faudrait donc se tenir sans arrêt en alerte.

— Heureusement, souligna Gnafron, on a emmené Kafi. Dès qu'il entendra le canot, au loin, il donnera le signal.

Neuf heures… Dix heures… Une certaine angoisse commença à envahir les Compagnons qui se taisaient. Tout à coup, Flambart déclara :

— Imaginez que les deux types détectent notre présence… dans ce cas, il faut les empêcher de faire demi-tour !

— Comment ? demanda la Guille.

— En envoyant quelqu'un se planquer près de la crique, dans les rochers. Dès qu'ils auront amarré et déchargé leur matériel, il détachera

le canot et le poussera au large. Même s'ils sont sportifs, ils n'oseront pas regagner le continent à la nage, par cette mer houleuse.

— C'est sûr, approuva Gnafron. Alors, on serait tous prisonniers de l'île… jusqu'à ce qu'Hervé vienne nous chercher avec la police pour arrêter les deux hommes. Je veux bien faire le guet là-bas.

Et, se tournant vers Tidou, il demanda d'un ton ironique qui cachait mal sa propre angoisse :

— J'ai ta permission, chef ?

— Oui, mais pas tout seul. Prends quelqu'un avec toi. Choisis qui tu veux.

— Alors, la Guille. Il est patient comme un chat qui guette les souris.

Les deux amis s'éloignèrent dans la nuit. L'idée de Flambart était-elle bonne ? Était-il raisonnable de se séparer de deux Compagnons ?

Onze heures… Minuit… Toujours rien. La mer avait atteint sa hauteur maximum. Elle commençait même à se retirer.

— Écoutez ! murmura Flambart, on dirait…

— Non, coupa Tidou. Kafi n'a pas bougé. Ce ne sont pas eux.

Un long moment s'écoula encore. Le reflux se poursuivait. Une heure du matin !… Deux heures !… Couché aux pieds de son maître, Kafi ne signalait toujours rien. L'attente devenait insupportable.

— D'après moi, dit Bistèque, ils ne viendront pas cette nuit, parce que la mer est trop houleuse.

Trois heures !… Dans cette nuit épaisse, impossible de voir la mer. Elle faisait tout de même moins de bruit et devait être basse.

— Vous croyez, demanda Tidou à Flambart, qu'en pleine marée basse les deux hommes pourraient quand même aborder dans la crique ?

— Ça dépend… Avec un canot pneumatique, comme un Zodiac, oui, je crois que ce serait possible.

Un silence se prolongeait quand, tout à coup, Tidou frissonna. Un petit bruit venait de s'échapper de son talkie. Il souleva l'appareil.

— Allô !… Allô, Mady !…

— Tidou, enfin je t'entends ! Impossible de vous atteindre depuis Quinéville. On a surveillé la villa bleue jusqu'à trois heures. Tout le monde dormait. Les deux hommes ne partiront sûrement pas cette nuit. Cécile vient de nous conduire à Ravenoville, tout près des dunes, pour nous rapprocher des îles… Au moins, ici mon talkie marche.

— Merci, Mady. Tu as raison, il ne se passera rien cette nuit mais restez quand même où vous êtes. On ne sait jamais…

— D'accord. On est à l'abri du vent, dans la voiture, on peut attendre. Hervé viendra vous chercher très tôt, à la prochaine marée. Compris ?

— Compris ! Salut !

Tidou réfléchit. À trois heures, les deux hommes n'avaient donc pas encore bougé. Avaient-ils été découragés par l'état de la mer ? Furieux, le Tondu arracha son béret et le tordit entre ses doigts comme une boule de pâte à modeler.

— Ne me dites pas qu'on est venus dans l'île pour rien. La mer est basse. Descendons dans le tunnel. Il doit être à sec ou presque. On verra peut-être quelle machine mystérieuse est reliée aux batteries.

Et, donnant un coup de coude à Bistèque :

— Tu as eu une idée formidable, en emportant des cordes…

chapitre 11

Au secours, Mady !

Oui, l'idée était bonne. Même s'ils ne surprenaient pas les deux types sur l'île, les Compagnons sauraient au moins ce qu'ils venaient y faire. Le Tondu, calé en électronique, percerait peut-être le secret de l'appareil.

— D'accord, dit Tidou, descendons dans le souterrain mais que l'un d'entre nous reste en haut pour garder Kafi et donner l'alerte en cas de danger.

— Moi, dit Bistèque. On respire trop mal dans cette caverne. Je préfère rester dehors.

Aidé de Flambart, le Tondu souleva alors la dalle de béton.

— Laissez-moi descendre le premier, à tâtons, fit Tidou. Une fois en bas, je pourrai allumer.

Sa lampe de poche entre les dents, il dégringola les barreaux jusqu'à l'entrée de la galerie, d'où il éclaira le Tondu et Flambart. Ils passèrent de la galerie à la salle bétonnée, et Tidou parvint, après quelques efforts, à faire jouer la serrure de la porte rouillée. Le faisceau lumineux de sa lampe éclaira le passage, maintenant complètement vide d'eau.

— Oui ! s'écria le Tondu, regardez… quelque chose qui bouge… qui tourne…

Sans attendre, il fixa à sa ceinture un des bouts de la plus longue corde, la plus grosse aussi, puis demanda à Flambart et à Tidou de le retenir pendant sa descente au fond du trou presque vertical, une dizaine de mètres plus bas.

— Attention ! recommanda Tidou, ne touche surtout pas aux fils électriques.

Enfin, après une descente prudente, il toucha le sol… ou plus exactement la vase. Il alluma alors sa lampe et se pencha vers un coffre métallique, fermé, de la taille d'une valise, surmonté d'une sorte de grille rectangulaire tournant lentement sur elle-même.

— On dirait un radar ! cria le Tondu.

Il réfléchit un instant en marmonnant :

— Enfin… un radar utilisé pour détecter des

chapitre 11

Au secours, Mady !

Oui, l'idée était bonne. Même s'ils ne surprenaient pas les deux types sur l'île, les Compagnons sauraient au moins ce qu'ils venaient y faire. Le Tondu, calé en électronique, percerait peut-être le secret de l'appareil.

— D'accord, dit Tidou, descendons dans le souterrain mais que l'un d'entre nous reste en haut pour garder Kafi et donner l'alerte en cas de danger.

— Moi, dit Bistèque. On respire trop mal dans cette caverne. Je préfère rester dehors.

Aidé de Flambart, le Tondu souleva alors la dalle de béton.

— Laissez-moi descendre le premier, à tâtons, fit Tidou. Une fois en bas, je pourrai allumer.

Sa lampe de poche entre les dents, il dégringola les barreaux jusqu'à l'entrée de la galerie, d'où il éclaira le Tondu et Flambart. Ils passèrent de la galerie à la salle bétonnée, et Tidou parvint, après quelques efforts, à faire jouer la serrure de la porte rouillée. Le faisceau lumineux de sa lampe éclaira le passage, maintenant complètement vide d'eau.

— Oui ! s'écria le Tondu, regardez… quelque chose qui bouge… qui tourne…

Sans attendre, il fixa à sa ceinture un des bouts de la plus longue corde, la plus grosse aussi, puis demanda à Flambart et à Tidou de le retenir pendant sa descente au fond du trou presque vertical, une dizaine de mètres plus bas.

— Attention ! recommanda Tidou, ne touche surtout pas aux fils électriques.

Enfin, après une descente prudente, il toucha le sol… ou plus exactement la vase. Il alluma alors sa lampe et se pencha vers un coffre métallique, fermé, de la taille d'une valise, surmonté d'une sorte de grille rectangulaire tournant lentement sur elle-même.

— On dirait un radar ! cria le Tondu.

Il réfléchit un instant en marmonnant :

— Enfin… un radar utilisé pour détecter des

objets et des mouvements sous l'eau… C'est-à-dire : un sonar !

Accroupi dans la vase, il examina de près cet appareil intriguant.

— Il faudrait pouvoir le démonter, lança-t-il, mais pas dans cette vase, bien sûr.

— Non, n'y touche pas, cria Tidou. Et n'essaie pas de le ramener. Tu serais obligé de couper les fils électriques ; ce serait dangereux.

Flambart suivait la scène avec attention.

— À quoi servent ces machines ? demanda-t-il.

— À repérer des épaves au fond de la mer, par exemple. Les sonars lancent des ondes qui sont réfléchies par les coques des bateaux coulés.

— Peut-être, déclara Flambart, que ces types cherchent des épaves datant de la guerre puisque c'est tout près d'ici que les Américains ont débarqué pour la Libération de la France… Mais qu'est-ce qu'ils espèrent trouver ?… Un trésor ?

Tidou secoua la tête.

— Non, ce ne doit pas être ça.

Pendant ce temps, le Tondu regardait la grille qui tournait lentement sur elle-même.

— Tant pis ! grogna-t-il en se relevant. Je veux savoir ce qu'il y a là-dedans. Aidez-moi à hisser ce coffre.

— Non !… Non ! le supplia Tidou soudain inquiet. Si ça se trouve, on se trompe ! Il s'agit peut-être d'une expérience menée par des scientifiques ? Remonte !

Furieux de ne pas en savoir davantage, le Tondu se décida à remonter. Flambart et Tidou le tirèrent lentement pour qu'il ne s'écorche pas aux parois rugueuses. Mais tout à coup, un cri ! La corde, en moins bon état qu'elle ne paraissait, venait de craquer. Le Tondu retomba lourdement dans la vase. Il se releva aussitôt. Il ne s'était pas fait mal.

— Prenons l'autre, décida Tidou, elle est plus mince mais plus neuve.

Malheureusement, cette seconde corde était trop courte d'au moins trois mètres. Flambart la noua solidement au bout de celle qui lui était restée entre les mains, puis la laissa glisser au fond du trou. Le Tondu s'y attacha.

— Attention ! dit Flambart. Il faut tirer encore plus doucement.

Pas de chance ! Le fil ne résista pas longtemps. Le Tondu était à peine remonté de trois mètres qu'elle se cassa à son tour. Le pauvre retomba de nouveau au fond du trou. Heureusement, la vase avait encore amorti sa chute. Il se releva, plein de boue.

Que faire ? La mer commençait à remonter. Elle allait atteindre le trou, s'engouffrer dedans.

— Essayons encore, dit Flambart. Passe-moi ta ceinture, Tidou.

Il enleva aussi la sienne. Ces deux lanières de cuir, nouées bout à bout et attachées aux morceaux de corde restants, formèrent un câble suffisamment long pour atteindre le fond. Les ceintures tinrent bon mais la corde la plus mince, elle, ne supporta pas le poids du Tondu qui retomba une troisième fois dans la mare d'eau qui recouvrait déjà la vase et une partie du mystérieux appareil.

Angoissé à l'idée que son ami risquait de se noyer, Tidou demanda à Flambart :

— Dans combien de temps est-ce que l'eau arrivera à sa hauteur ?

— À mon avis, dans une heure… une heure et demie au plus.

— Alors, je vais lancer un S.O.S.

Il avait laissé le talkie à Bistèque. Il se précipita dans la galerie, grimpa l'échelle du puits et saisit son appareil.

— Allô, Mady !… Allô !

Rien. Pourtant l'appareil fonctionnait puisqu'il grésillait. Il reprit en hurlant presque :

— Mady !… Le Tondu est en danger ! En danger de mort !… Il va se noyer au fond du trou. Téléphone à la police ! Il faut qu'on envoie vite des cordes. Allô !… Tu m'entends ? Vite… Vite !…

Même silence. Affolé, Tidou demanda à Bistèque :

— Prends le talkie et rappelle. Mady finira bien par entendre. Je retourne en bas.

Il redescendit si vite l'échelle qu'il faillit tomber.

— Rien, annonça-t-il au Tondu, Mady ne répond pas. J'ai chargé Bistèque de la rappeler… Il faut qu'on essaie encore de nouer ensemble tout ce qui nous reste.

Flambart, qui, comme tous les gens du bord de mer, savait parfaitement faire les nœuds, attacha l'un à l'autre les ceintures et les bouts de corde. Il finissait son travail quand une voix retentit à l'entrée de la galerie.

— Alerte ! Kafi entend du bruit sur la mer !

Tidou se sentit pâlir.

— Allez, lança-t-il à Flambart, on a le temps de faire une dernière tentative.

— Non, cria le Tondu qui avait entendu Bistèque. Laissez-moi, je ne suis pas en danger pour le moment. Vous aurez le temps d'arrêter les deux types si ce sont eux. Sauvez-vous ! Et puis ils ont peut-être des cordes dans leur bateau. Vous viendrez me repêcher après.

Tidou hésita. Il ne pouvait pas abandonner son ami ! Pourtant, il ne voyait pas d'autre solution… Et s'il y avait en effet des cordes dans le canot, il ne fallait pas que Gnafron et la Guille le poussent au large… Il fallait donc les prévenir.

— Le Tondu a raison, dit Flambart, remontons vite.

Ils se résignèrent à quitter le pauvre prisonnier. Ils venaient de déboucher dans le puits quand Bistèque cria :

— Ils arrivent. Ils vont aborder la crique. Oui, ce sont eux !

À ce moment, Tidou comprit qu'il n'aurait pas le temps de rejoindre Gnafron et la Guille.

— Tant pis, dit-il, on ne peut pas laisser le Tondu dans son trou. Vous vous sentez capables tous les deux, avec moi, d'affronter ces individus ?

— Oui, répondit Bistèque sans hésitation, approuvé par Flambart. S'il faut se bagarrer on n'hésitera pas.

— Alors, allons nous cacher avec Kafi derrière la muraille.

chapitre 12

L'eau monte toujours

Embusqué derrière la muraille, avec Flambart, Bistèque et Kafi, Tidou reprend son talkie et lance un dernier message pendant que les deux inconnus sont occupés à décharger leur canot.

— Allô, Mady !… Allô ! Les deux hommes arrivent… et le Tondu est en train de se noyer. Vite, de l'aide. Dans une heure il sera trop tard.

Cette fois, il n'a pas hurlé dans le micro de peur d'être entendu. Cet appel, il l'a lancé à mi-voix, d'un ton plein d'angoisse. Mais toujours aucun écho. Que fait donc Mady ?

— Calme-toi, murmure Flambart. Ça ne sert à rien de s'énerver.

Plusieurs minutes s'écoulent. Puis Kafi tend de nouveau les oreilles dans une direction bien précise… celle de la crique. Les deux hommes montent vers la forteresse.

— Laissez-moi faire, dit alors Flambart. Ils ne vont peut-être pas arriver en même temps. Je réglerai son compte au premier et je m'occuperai de l'autre ensuite. Rejoignez-moi seulement si je vous appelle.

Les pas se rapprochent. Soudain, deux silhouettes se découpent dans la nuit devenue plus claire, deux silhouettes penchées en avant comme si elles portaient quelque chose de lourd. Flambart se tient prêt à bondir. Bistèque et Tidou, eux, attendent avec anxiété Kafi qui, aplati sur le sol, a reçu l'ordre de ne pas bouger.

Enfin, les deux inconnus débouchent dans les fortifications et s'approchent de la dalle que Flambart a eu le temps de remettre en place. Ils déposent leurs sacs, pour la soulever avec une barre de fer qui crisse contre le ciment.

Flambart bondit. Il se jette sur celui des deux qu'il pense être le plus fort, l'attrape par la ceinture et le jette au sol, d'un terrible coup de poing. Puis il se retourne vers l'autre qui n'a pas eu le temps d'intervenir et le terrasse à son tour. Malheureusement, le premier se relève et s'empare de la barre de fer qu'il fait tournoyer autour de lui. Elle frappe Flambart à l'épaule et il tombe lourdement par terre.

Le cœur serré, Bistèque et Tidou voient que Flambart est en train de perdre la bagarre. Ils s'y jettent à leur tour. Surpris par l'arrivée des garçons, les deux individus se figent. Puis le plus petit se jette sur Tidou qui pousse un cri.

Immédiatement, Kafi intervient, malgré sa blessure. Bien sûr, pas question de se jeter à la gorge des bandits : il ne pourrait pas les atteindre. Alors il saisit un mollet entre ses crocs. L'homme pousse un hurlement. Ce qui ne l'empêche pas de se dégager et de lancer à Kafi un terrible coup de pied dans le ventre. Le chien s'éloigne… pas pour longtemps. Furieux, il revient à l'attaque.

Peu à peu, Flambart et les Compagnons reprennent le dessus, grâce à Kafi qui ne lâche pas les ennemis de ses maîtres.

Mais l'avantage change brusquement de camp. Alors que Tidou croit la partie presque gagnée, un coup de feu retentit… puis un second… lâchés en direction de Kafi… ! Heureusement, les balles n'atteignent pas leur but. Mais le chien connaît le danger des armes à feu. Il sait qu'on ne peut rien contre elles. Aussitôt, il se réfugie derrière la muraille.

Flambart, Tidou et Bistèque, eux aussi, ont compris que ces deux hommes armés ne reculeraient devant rien. Tous trois restent paralysés.

— Haut les mains ! lance l'un d'eux en pointant son revolver sur les Compagnons et Flambart. Haut les mains ! et que personne ne bouge !

Tous trois ne peuvent qu'obéir. Alors, désignant Flambart qu'il a reconnu, le plus petit des bandits lâche d'une voix furieuse :

— Vous étiez prévenu !... Vous ne deviez pas revenir dans l'île en pleine nuit... Vous avez quand même débarqué en amenant du renfort. Pourquoi ?

Flambart ne répond pas. Des secondes de silence passent, lourdes comme du plomb.

— Allez, parlez ! reprend l'homme, impatient.

Pour toute réponse, Flambart bredouille que, depuis longtemps, il a l'habitude de venir dans l'île pour installer des pièges à animaux.

— Mais avec quelle barque ? Aucune n'était amarrée dans la crique quand on est arrivés. Expliquez-vous... et vite...

Flambart, désemparé, se tourne vers les deux Compagnons comme pour leur demander ce qu'il doit répondre.

Un nouveau silence pèse entre les adversaires. Tidou et Bistèque ne bronchent pas mais chaque seconde qui passe est une seconde perdue pour le Tondu qui doit avoir de l'eau jusqu'aux genoux.

Alors, tant pis ! Mieux vaut que ces individus sachent la vérité plutôt que de risquer une catastrophe. D'une voix la plus assurée possible, Tidou déclare :

— Oui, c'est vrai, on voulait savoir ce que vous venez faire si souvent aux Saint-Marcouf. On a soulevé cette dalle, on est descendus dans le puits. Un de nos amis est en ce moment au fond du trou qui plonge dans la mer. L'eau monte, il va se noyer. Je vous en supplie, aidez-nous à le sauver. Après, vous ferez de nous ce que vous voudrez.

Voyant que le puits, la galerie et la conduite ont été découverts, les deux hommes se tournent l'un vers l'autre et échangent quelques mots à voix basse. Mais ils se reprennent vite.

— C'est faux ! dit le plus grand. Ah ! Tu veux nous tendre un piège, c'est ça ?

— Un piège ? répète Bistèque, quel piège ?

— Ne nous prenez pas pour des idiots. Vous voulez nous faire descendre dans le puits pour nous capturer.

— Non, je vous le jure, crie Tidou. Un ami est au fond et l'eau monte. Je vous en supplie.

— Eh bien, s'il est dans le trou, il n'a qu'à remonter.

— La corde s'est cassée.

L'homme au revolver se contente de ricaner. Tidou insiste… et son insistance ne fait qu'augmenter la méfiance des deux hommes. Alors, c'est plus fort que lui, il fait un mouvement vers la dalle. Un coup de feu le stoppe aussitôt. Désespéré, il revient prendre sa place, les mains sur la tête.

— Alors, dit Flambart, qui a retrouvé ses esprits, laissez-moi descendre, moi seul, et gardez ces garçons en otages pendant que j'essaierai de sauver l'autre.

— Non, personne ne bouge. Pas question de nous jouer un mauvais tour.

Que faire ? Si seulement Kafi n'avait pas été blessé. Ces bandits seraient depuis longtemps maîtrisés. Pourvu que Gnafron et la Guille, eux, ne se montrent pas. Mais tout à coup, en pensant à eux, Tidou se rappelle leur mission.

« Oui, se dit-il, ils ont dû faire ce que je leur ai demandé : détacher et repousser le canot. »

Une idée lui vient alors. D'une voix qui ne tremble plus, il lance aux individus :

— Votre arme ne vous sert à rien. On est vos prisonniers, c'est vrai… mais vous, vous êtes ceux de l'île. Votre canot n'est plus dans la crique.

— C'est ça, répond du tac au tac l'homme au revolver, un nouveau prétexte pour nous éloigner.

— Eh bien, allez voir, renchérit Bistèque. Votre bateau a disparu.

Un doute effleure les individus qui échangent de nouveau quelques mots. Finalement, le plus grand se décide à quitter son complice pour descendre vers la crique. De longues minutes s'écoulent, pendant lesquelles les Compagnons et Flambart pensent à l'eau qui monte toujours dans le trou. L'homme au revolver, lui aussi, paraît inquiet : mais pour une autre raison. Peut-être se demande-t-il si son complice ne s'est pas sauvé seul dans le canot ? Un quart d'heure est passé depuis son départ.

Tidou tremble d'angoisse pour son ami quand, tout à coup, il aperçoit une ombre, rampant dans les herbes folles, derrière le tireur. La Guille ? Bistèque ? ça alors ! Il reconnaît son chien qu'il croyait resté derrière le rempart. Bistèque et Flambart l'ont aperçu, eux aussi, mais ils ne soufflent pas un mot.

Lentement, le chien se rapproche de l'homme. Il n'est plus qu'à trois ou quatre mètres. Qui lui a

commandé de revenir à l'attaque ? Oh ! Pourvu que l'homme ne se retourne pas. Cette fois, dans la nuit plus claire, la balle ne manquerait pas son but.

L'individu, trop occupé par les deux garçons et Flambart, ne s'est aperçu de rien. Sans s'en apercevoir, il laisse sa main retomber un instant. Kafi se précipite alors et lui attrape le poignet. L'homme pousse un cri et lâche son arme qui tombe dans les herbes. Il n'a pas le temps de se baisser pour la reprendre. Kafi la tient déjà entre ses crocs et, sur trois pattes, l'apporte à son maître qui la confie aussitôt à Flambart en disant :

— Prenez-la. Je n'aime pas ce genre de jouets.

En quelques secondes, la situation s'est retournée. Instinctivement, l'homme lève ses mains derrière la tête.

— Vous, Flambart, restez là, dit vivement Tidou. Toi, Bistèque, descends en vitesse dans le puits et rassure le Tondu. Dis-lui qu'on va se débrouiller pour le sortir de là. Moi, je cours voir ce qui s'est passé au bord de la crique et je reviens.

Il file à toute vitesse vers la mer et s'arrête tout à coup devant une scène étonnante : le deuxième

individu est étendu par terre, les mains attachées avec ses propres lacets.

— Oui, explique le « petit » Gnafron, quand on l'a vu arriver seul, la Guille s'est jeté sur ses épaules et moi, je l'ai plaqué aux jambes. Il était tellement stupéfait de ne pas voir le canot qu'on l'a maîtrisé sans trop de difficulté… Mais dans la forteresse ?… Les coups de feu ?… Qu'est-ce qui s'est passé ?

— L'autre type est maîtrisé, lui aussi, grâce à Kafi. Je ne comprends pas qui l'a lancé à l'attaque.

— Moi, répondit la Guille. Je l'ai appelé avec mon sifflet à ultrasons et je l'ai envoyé à votre secours… Où sont Flambart, Bistèque, le Tondu ?

— Flambart et Bistèque sont sains et saufs, mais le Tondu est en train de se noyer au fond du trou. Venez vite. Laissez cet homme sur place puisqu'il ne peut plus s'enfuir. Enlevez-lui sa ceinture.

— Sa ceinture ?

— Vous comprendrez tout à l'heure, venez ! J'espère qu'il n'est pas trop tard !…

chapitre 13

Deux points noirs sur la mer

— Ma ceinture ?… que je vous donne ma ceinture ? proteste l'homme déchargé de son revolver par Kafi.

— Tant pis si votre pantalon tombe, répond Flambart. Retenez-le avec les mains.

Comme le bandit ne s'exécute pas assez vite, le braconnier la lui enlève vivement et se précipite vers les puits où les Compagnons sont déjà descendus. Il est juste temps ! L'eau monte jusqu'aux épaules du Tondu qui claque des dents. En un clin d'œil, Flambart attache bout à bout les huit ceintures récupérées sur les Compagnons, les deux individus et lui-même. Malheureusement, la lanière est encore trop courte pour que le Tondu puisse

l'attraper et l'attacher autour de sa taille. Alors, Flambart se penche en avant, et les Compagnons lui maintiennent fermement les jambes pour qu'il ne bascule pas lui aussi dans le vide.

— Entoure ton poignet avec un bout de ceinture, crie Tidou, et serre très fort !

— C'est ce que j'essaie de faire, répond le Tondu, mais je suis à bout de forces, j'ai peur de lâcher prise.

— Tiens bon !

Cette fois, ils se mettent à trois pour tenter de le remonter, doucement, sans secousses. Tant que le Tondu est encore à moitié dans l'eau, la tension n'est pas trop grande, mais une fois dehors, avec ses vêtements trempés, il devient extrêmement lourd… si lourd que le cuir de la corde improvisée gémit. Lentement, le Tondu est hissé le long de la paroi, cramponné des deux mains, maintenant, à la dernière lanière de cuir. Plus que trois mètres… plus que deux… plus qu'un. À plat ventre, Gnafron et la Guille tendent le bras et saisissent le Tondu aux poignets. Ouf ! Le câble improvisé a tenu. Retiré du trou, le Tondu pousse un soupir, mais il a la tête qui tourne, à cause de l'effort fourni et de tout ce temps passé dans l'eau. Il chancelle et se laisse tomber sur le sol de la salle bétonnée.

— Ce n'est rien, assure-t-il, en claquant des dents. J'ai seulement froid, très froid. Je ne sens plus mes jambes, ni mes pieds.

Très vite, les Compagnons lui enlèvent ses vêtements trempés et le frottent énergiquement. Le sang recommence à circuler dans ses veines. Des couleurs réapparaissent sur son visage.

— Mets mon pull, dit la Guille.

— Et prends mon blouson, ajoute Tidou.

Revigoré, le Tondu demande :

— Les deux types ?… J'ai cru entendre des coups de feu tout à l'heure.

— On leur a pris leurs armes, dit Tidou.

— Ils sont où ?

— Là-haut. Ils ne risquent pas de s'échapper. Gnafron et la Guille ont poussé leur canot au large.

— Aidez-moi à remonter, j'ai besoin d'air. J'ai cru étouffer au fond de ce trou !

Mais il parvient à grimper l'échelle du souterrain sans aide. Dès qu'il atteint la surface, il inspire à pleins poumons, puis promène son regard à la ronde, dans la nuit pâlissante.

— Je ne les vois pas.

— Ils ont dû se cacher quelque part, réagit Flambart. L'île n'est pas grande, ils seront vite retrouvés.

— Oui, vite retrouvés, approuve Tidou en détachant de la corde de ceintures celles des deux individus. Kafi ne peut pas courir mais son flair est intact.

Il se penche vers son chien, pour lui en faire sentir une, mais Kafi, au lieu de baisser la tête, relève les oreilles et les tourne vers le ciel, du côté du nord. Les Compagnons se redressent pour écouter, eux aussi.

— Un avion ! s'écrie la Guille, un avion !

— Non, rectifie le Tondu, qui a retrouvé ses esprits, pas un avion… un hélicoptère… et on dirait qu'il vient droit sur l'île. Qu'est-ce que ça veut dire ?

En effet, dans la pâle clarté du jour naissant, les feux clignotants de bord grossissent, se rapprochent. L'hélicoptère surplombe les Saint-Marcouf, puis il effectue un demi-cercle, en perdant de l'altitude.

— Aucun doute, fait Gnafron, il cherche à atterrir.

Et il ajoute, d'une voix blanche :

— On s'est fait avoir !… Les deux types devaient avoir des talkies-walkies, eux aussi ! Sans qu'on s'en aperçoive, ils ont demandé de l'aide à des complices qui viennent les chercher !

Pendant ce temps, l'appareil continue de tourner en rond, à une cinquantaine de mètres au-dessus du sol comme si son pilote cherchait à repérer une zone d'atterrissage. Enfin, il s'immobilise, puis descend lentement et se pose.

Figés sur place, les Compagnons et Flambart se demandent ce qui va se passer. Pourquoi les deux individus ne quittent-ils pas leur cachette pour courir vers leurs complices ?

— Mais… ce sont des gendarmes ! s'écrie la Guille, en voyant deux silhouettes descendre, courbées, de l'hélicoptère.

Contre toute attente, les deux hommes en uniforme se mettent à courir vers eux, le premier porte une longue et grosse corde enroulée au bras droit.

— Le garçon en danger ? demande vivement le chef. Vite, conduisez-nous.

Abasourdis, les Compagnons se regardent, muets.

— Où est-il ? reprend l'adjudant en montrant la corde. Est-ce que… est-ce qu'il est encore temps ?

Cette fois, Tidou et ses amis ont compris. C'est le Tondu, et non pas les deux hommes, qu'on vient secourir.

— Mes… mes amis ont réussi à me sauver à la dernière minute, bredouille le Tondu. Mais qui vous a prévenus ?

— La brigade de Montebourg, près de Ravenoville, nous a transmis un message, explique l'adjudant, un S.O.S. lancé par trois jeunes qui avaient capté un appel provenant des îles Saint-Marcouf où quelqu'un était en train de se noyer.

Et le chef ajoute, en voyant que les Compagnons ne semblent pas comprendre :

— Oui, un message lancé par un talkie. Ce n'est pas vous qui l'avez envoyé ?

— Si, répond Tidou. Mais on pensait qu'il n'avait pas été capté.

— Alors, c'est que l'appareil de ces trois jeunes fonctionnait mal, mais eux, ils vous ont entendus.

Et l'adjudant ajoute, en fronçant les sourcils :

— Mais dites-moi ? Que faisiez-vous sur les îles, en pleine nuit ? Où est le bateau qui vous a amenés… et qu'est-ce que c'est que cette histoire de puits ?

Manifestement, les gendarmes ne savent rien. Mady a dû seulement lancer un appel au secours pour le Tondu.

— Venez ! dit Tidou. Descendez dans ce trou et vous verrez.

À la suite des Compagnons, les gendarmes s'agrippent à l'échelle de fer, suivent la galerie, débouchent dans la salle bétonnée, découvrent le trou et les fils électriques qui y plongent.

— Je suis descendu là-dedans à marée basse, explique le Tondu. Au fond, il y a un drôle d'appareil qui ressemble à un sonar. Il est alimenté en électricité par les batteries que vous voyez là, à l'entrée du trou. Mes amis ont surpris les deux hommes au moment où ils allaient changer les batteries. Ils sont dangereux.

— Oui, dangereux, reprend Flambart, la preuve : ils étaient armés. Voici leur revolver. Ils ont tiré à plusieurs reprises… Déjà, une nuit, ils m'avaient assommé et laissé pour mort.

— Où sont-ils ?

— Sûrement pas loin, répond Gnafron, puisque j'ai repoussé au large leur canot pneumatique.

L'adjudant et son gendarme écoutent, perplexes. On les a envoyés pour sauver quelqu'un de la noyade et voilà qu'ils tombent sur une affaire incroyable !

— Si vous hésitez, fait alors Tidou, remontez avec nous. Mon chien marche sur trois pattes mais il n'a pas perdu son flair.

Les uns derrière les autres, tous ressortent du puits et Tidou redonne à Kafi la ceinture. L'animal n'hésite pas longtemps. Il promène sa truffe tout le long de la ceinture, flairant plus longuement la boucle, et bat de la queue.

— Maintenant, cherche, Kafi !...

Le chien suit en sens inverse le trajet qui a conduit les deux hommes du rivage à la forteresse... puis il s'arrête, tâtonne et finalement tourne à gauche, dégringole une dune, toujours sur trois pattes, et s'arrête au bord de l'eau, comme si les deux individus avaient repris la mer à cet endroit.

— Ce n'est pas possible, dit le gendarme, puisque vous dites avoir envoyé leur bateau à la dérive.

— Oh ! s'écrie alors Gnafron en tendant le doigt, regardez, là-bas ces deux points noirs... leurs têtes...

— Ils se sauvent à la nage, constate Flambart, mais par cette mer houleuse, ça m'étonnerait qu'ils réussissent à atteindre la côte... Écoutez !...

— Oui, acquiesce vivement le Tondu, des appels !...

Sans attendre, les gendarmes courent vers l'hélicoptère posé à trois cents mètres de là. Ils bondissent dans la cabine. Le moteur vrombit, les pales de l'hélice brassent l'air. L'appareil décolle et met le cap vers les deux points noirs qui surgissent de temps en temps à la crête des vagues, pour disparaître dans les creux de la houle.

Rapidement, il a rejoint les fuyards et plane au-dessus d'eux, immobile. Même à cette distance, les Compagnons et Flambart distinguent nettement le premier homme suspendu au bout du filin d'acier qui le remonte vers l'appareil. Puis c'est au tour du second individu d'être hissé. Déjà, l'hélicoptère fait un demi-cercle et revient sur l'île. Fou de joie, oubliant sa frayeur de tout à l'heure, le Tondu arrache son béret et s'exclame à tue-tête :

— Formidable !... On avait perdu la partie et les gendarmes vont nous la faire gagner.

— Non, reprend Gnafron, on n'aura rien gagné tant qu'on ne connaîtra pas la vérité. Et ce sont ces deux bandits qui vont nous l'apprendre.

chapitre 14

Pourquoi ?

Six heures du matin ! Dehors, le jour pointe paresseusement. Sur le quai de Saint-Waast, trois silhouettes, emmitouflées dans des cirés, marchent de long en large en attendant la marée.

— Tu n'as pas peur d'avoir le mal de mer ? demande Hervé à sa sœur.

— Je suis trop inquiète. Comme Mady, je veux savoir si les secours sont arrivés à temps. Ça fait trois heures déjà que l'appel a été lancé.

— Oui, soupire Mady, vivement qu'on embarque !

Enfin, un courant d'eau commence à séparer la fausse île de Tatihou de la terre ferme. En cette période de l'année, la marée monte rapidement.

Dès que les flots commencent à lécher les flancs du *Chahuteur*, Hervé saute à bord et retire les béquilles. Dix minutes plus tard le canot flotte librement. Hervé se met à la barre. Les deux filles se serrent l'une contre l'autre, toutes frileuses après cette nuit d'angoisse.

— J'ai peur, murmure Mady. J'ai peur pour le Tondu. Pourvu que les secours soient arrivés à temps.

Quand le *Chahuteur* passe devant Quinéville, elle jette un regard vers la villa bleue, mais, sans jumelles, elle ne distingue que les contours de la maison.

Bondissant sur les vagues, le *Chahuteur* file rapidement. Peu à peu, dans le jour qui grandit, les Saint-Marcouf se rapprochent. Les deux filles explorent des yeux l'île du Large. Déjà, Hervé se prépare à la contourner pour atteindre la crique. Soudain, Mady pousse un cri de soulagement :

— Le Tondu !…

Oui, c'est bien lui ! Il agite son béret à bout de bras pour saluer les arrivants. Ses amis, Kafi et le vieux Flambart apparaissent à leur tour. Il crie vers le canot :

— Sain et sauf !… Les autres Compagnons, aussi… et les deux types qui ont été arrêtés.

Sautant la première du *Chahuteur*, Mady se jette dans ses bras pour l'embrasser en pleurant de joie.

— On a eu si peur pour toi !… Raconte-nous vite ce qui s'est passé.

— Je t'expliquerai ça plus tard. Montez tous les trois dans la forteresse. Les deux bandits viennent d'arriver, repêchés de justesse par l'hélicoptère des gendarmes.

De nouveau au grand complet, la bande monte rapidement vers les remparts. Adossés à un mur, les deux hommes encore trempés baissent la tête, grelottants, malgré les couvertures que le gendarme est allé chercher dans la cabine de l'hélicoptère pour les jeter sur leurs épaules. L'adjudant a attendu l'arrivée du *Chahuteur*, aperçu de loin, pour interroger les deux individus. Il s'adresse d'abord au plus petit des deux.

— Que faisiez-vous dans cette île, en pleine nuit ? D'après ces jeunes gens, vous y venez même souvent… et toujours de nuit.

La question est claire… La réponse qui suit, tout aussi nette.

— Ce que nous venons faire ?… Mission secrète… et officielle. Vous voulez une preuve ?

Sûr de lui, l'homme sort de sa poche un portefeuille ruisselant et le tend à l'adjudant.

— Ouvrez-le et fouillez !

Avec précaution, car tout est mouillé à l'intérieur, le chef des gendarmes retire une carte d'identité au nom de Magnard, quelques billets de banque, un permis de conduire et une feuille pliée en quatre, collée par l'humidité.

— Regardez bien cette feuille, fait l'homme, l'en-tête, le tampon et la signature… la *signature* surtout !

L'autre gendarme se penche sur l'épaule de son supérieur pour lire lui aussi. Apparemment, il s'agit bien d'un document officiel, portant l'en-tête : « Ministère de la Recherche scientifique », la date du 2 mars, et la signature du ministre lui-même.

La lecture terminée, l'adjudant n'a pas le temps de réfléchir car l'homme reprend :

— Ce n'est pas tout. Cherchez encore dans le portefeuille. Vous trouverez un autre document, une autorisation délivrée par le préfet de Cherbourg.

Effectivement, la seconde feuille dépliée, les deux gendarmes constatent que l'homme dit la vérité. L'adjudant fronce les sourcils, mais ne fait aucun commentaire. Pour les Compagnons, ce silence devient inquiétant. Tout à coup, hors de lui, Tidou s'écrie :

— Monsieur l'adjudant ! Ces papiers sont sûrement faux, avec des signatures imitées. Si ces types sont vraiment des scientifiques, envoyés en mission par le Ministère, pourquoi est-ce qu'ils n'ont pas fait appel à la police ?... Pourquoi est-ce qu'ils portaient une arme ?... Pourquoi est-ce qu'ils naviguaient dans un canot silencieux et toujours en pleine nuit ?

Et, désignant Flambart :

— Pourquoi, l'autre semaine, avoir assommé cet homme qui ne leur avait rien fait et l'avoir abandonné, en coulant son bateau ?... Pourquoi, quand ils ont su que cet homme était toujours en vie, est-ce qu'ils ont collé une menace de mort sur sa cabane perdue dans les dunes ?

— Oui, poursuit Mady à son tour, ces deux hommes se cachaient... ce qui ne les empêchait pas de surveiller les bateaux qui s'approchaient trop des îles. Pourquoi des scientifiques en mission officielle auraient-ils peur ?

— Et pourquoi, ajoute Gnafron, s'être sauvés à la nage au lieu de demander votre aide, monsieur l'adjudant ?

Les « pourquoi » jaillissent de toutes les bouches mais ne semblent pas inquiéter les deux hommes. À la dernière question de Gnafron, le plus grand répond vivement :

— C'est vrai, on n'aurait pas dû fuir. On a paniqué face à cette bande de jeunes et leur sale cabot. Maintenant, monsieur l'adjudant, emmenez-nous immédiatement à Cherbourg, chez le préfet. On s'expliquera devant lui.

L'adjudant ne répond pas. Il a été impressionné par les papiers officiels, bien sûr… mais aussi par les remarques des Compagnons. Il pense peut-être, comme eux, que ces deux individus espèrent s'échapper, une fois arrivés à Cherbourg.

— Non, dit-il, cette affaire doit être réglée ici, avec les témoins.

Et, à l'autre gendarme :

— Bourguignon, allez me chercher le téléphone-radio dans la cabine de l'hélico.

Les Compagnons se regardent en échangeant des sourires. Ils auraient été trop déçus de ne pas connaître la conclusion d'une affaire aussi mystérieuse.

— Voilà, chef ! dit le gendarme en apportant l'appareil.

L'adjudant saisit le combiné et appelle sa base : la Sécurité maritime de Cherbourg.

— Allô, Gervais, c'est vous ?… Oui, sauvé… de justesse, pas par nous d'ailleurs… Mais autre chose de sérieux : nous sommes tombés sur une drôle d'affaire… Oui, peut-être de l'espionnage…

J'aurais besoin d'un renseignement précis… Est-ce qu'une autorisation de recherches sous-marines aux îles Saint-Marcouf a été délivrée à un certain M. Magnard le 2 mars dernier ?… Oui, 2 mars, à Michel Magnard. Contactez la préfecture pour leur demander… J'attends que vous me rappeliez !

En écoutant l'appel, les deux hommes n'ont pas bronché. Pourtant, Mady, à qui rien n'échappe, a vu les poings du premier se serrer et les lèvres de l'autre se pincer.

Mais l'attente ne se prolonge pas. Quelques minutes plus tard l'adjudant reprend le combiné. Impossible d'entendre ce qu'on lui dit mais ses réponses ne laissent aucun doute :

— O.K. !… C'est bien ce que je pensais… En effet, peut-être de l'espionnage… oui, sur place dites-leur de se rendre immédiatement à l'héliport… Oui, avec un homme-grenouille. Mon pilote va décoller pour aller les prendre… À tout à l'heure.

L'adjudant repose le combiné, puis s'adressant aux deux individus :

— Aucune autorisation n'a été délivrée le 2 mars… ni à une autre date. La signature sur le document de la préfecture est fausse… celle du ministre l'est sans doute aussi.

Alors, il se tourne vers son collègue.

— Repartez vite pour Cherbourg. Deux ingénieurs en électronique et un homme-grenouille vous y attendront. Ramenez-les ici au plus vite.

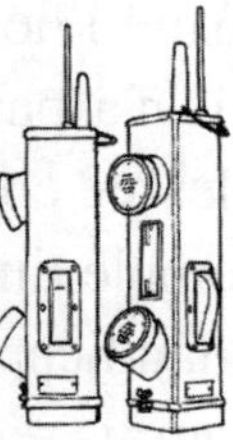

chapitre 15

Le secret

Il fait grand jour maintenant. Grand jour, c'est peut-être beaucoup dire car le ciel est de nouveau chargé d'épais nuages, signe que la tempête est de retour.

Une demi-heure s'est écoulée depuis le décollage de l'hélicoptère. Pendant cette demi-heure, l'adjudant a interrogé les deux hommes avec l'espoir d'en tirer autre chose que des protestations d'innocence.

— Pourquoi ne pas tout avouer puisque, de toute façon, vous serez condamnés pour coups et blessures et pour port d'arme ?

Les Compagnons frémissent d'impatience. Flambart partage pleinement la curiosité de ses

jeunes amis. Seul, Kafi reste à l'écart. Pauvre Kafi ! Bien sûr, il a désarmé l'homme au revolver, mais il sait bien qu'il n'a pas été à la hauteur du danger. Sa patte blessée en l'air, il lève les yeux vers son maître et semble dire :

« Ah ! si je n'avais été handicapé ! Il n'y aurait pas eu de bagarre. Je leur aurais réglé leur compte à ces deux malfrats ! »

Mais, soudain, détournant la tête, il pointe les oreilles vers le nord-est.

— Kafi a entendu du bruit, traduit le Tondu.

Un petit point noir apparaît à l'horizon, puis grandit vite. Oui, l'hélicoptère. Il arrive au-dessus de l'île, en fait le tour en perdant de l'altitude et se pose sur le sol dans un sifflement d'herbes fouettées. Trois hommes descendent, le dernier a déjà enfilé sa combinaison de plongeur. Aussitôt l'adjudant se précipite vers les arrivants en se présentant :

— Adjudant Montagnel.

Un homme de petite taille, fluet, mais aux yeux vifs et perçants, lui répond :

— Ingénieur Blanchet, de la base aéronavale.

— Ingénieur électronicien Le Bihan, dit le second… et voici Bernard, notre homme-grenouille qui détient plusieurs records de plongée.

L'adjudant conduit aussitôt les ingénieurs vers l'ancienne forteresse où sont restés les prisonniers, les Compagnons, Hervé, Cécile et Flambart.

— Tant de monde sur une si petite île ! fait en riant l'ingénieur Blanchet.

Mais aussitôt, il esquisse un mouvement de recul en désignant un des prisonniers, le plus grand.

— Comment ?… Vous ?…

— Vous le connaissez ? s'étonne l'adjudant.

— Il travaillait, il y a trois ans, comme ingénieur aux chantiers navals de Cherbourg. Au laboratoire, précisément.

— Son nom ?

— Baruquet.

— Sa carte d'identité indique le nom « André Martin ». Un faux nom, bien sûr… Mais peu importe. Suivez-moi… ou plutôt suivez ce garçon qui porte un béret, c'est lui qui a découvert un étrange appareil auquel il n'a pas osé toucher et qui, en ce moment, doit être recouvert par deux ou trois mètres d'eau.

Alors que ses camarades et Flambart restent à la surface, le Tondu descend les échelons du puits, suivi de l'adjudant, des ingénieurs et de l'homme-grenouille qui est allé chercher ses bouteilles à oxygène dans l'hélicoptère.

Penchés autour du puits, les Compagnons attendent fébrilement.

— Je connais un proverbe qui dit : « la vérité sort toujours d'un puits », fait Gnafron en riant. Espérons que ce sera le cas.

Mais, tout à coup, Mady, qui n'a dit un mot depuis un moment, laisse échapper un petit cri.

— Oh !… Je… je…

— Qu'est-ce qu'il y a ? demande Cécile en la voyant troublée. Tu te sens mal ?

— Non, je suis en pleine forme… mais je viens d'avoir une idée.

— Une idée ? reprend Tidou. Dis vite !…

— Non, c'est peut-être bête… Écoutez plutôt, on entend du bruit dans la galerie.

En effet, le Tondu réapparaît, suivi des quatre hommes. Le plongeur hisse du puits, au bout d'une corde, le mystérieux appareil dont la grille ne tourne plus car les câbles qui le reliaient aux batteries ont été coupés. L'engin est déposé par terre sous les yeux des deux individus qui ne soufflent pas un mot.

— Cette grille, qui tournait dans l'eau, demande le Tondu, c'est bien un sonar ?

Les ingénieurs ne répondent pas. À l'aide de tournevis, de clés à molette, ils réussissent à ouvrir l'engin. L'intérieur est resté sec, grâce à des joints en caoutchouc. Ils examinent minutieusement l'intérieur où s'entrecroisent des fils de couleurs différentes, des lampes à plusieurs filaments, de petits tubes dont le Tondu ignore le nom.

Tous se taisent. On n'entend que le grondement de la mer écumeuse. À genoux, les deux ingénieurs échangent des paroles inaudibles. Puis ils demandent qu'on leur apporte les batteries neuves, celles que les deux individus ont débarquées de leur canot. Ils y branchent l'appareil et la grille recommence aussitôt à tourner. Alors les techniciens effectuent toutes sortes de contrôles, à l'aide de voltmètres sortis de leur sacoche. Leur air soucieux inquiète Gnafron qui murmure à la Guille :

— Ils ne trouvent pas…

Mais, tout à coup, les deux hommes se relèvent, presque en même temps.

— Aucun doute ! déclare alors à voix haute l'électronicien, c'est un appareil de transmission d'ondes ultracourtes et de haut voltage sous la mer. Un sonar.

Et, aux deux individus, plus particulièrement à Baruquet :

— Vous savez à quoi servent de telles ondes, n'est-ce pas ? Ah ! vous avez utilisé les recherches que vous avez faites au laboratoire de Cherbourg… et vous avez bien choisi l'endroit pour que ces ondes se propagent le plus loin possible.

Baruquet et Magnard prennent des airs dépités. Ils ont compris que leur secret vient d'être percé. Mais les allusions du technicien sont restées obscures pour les Compagnons. Seul le visage de Mady s'illumine. Elle murmure à Tidou :

— Finalement, je crois que je ne me suis pas trompée.

— Tu as deviné ?

— Attends, on va savoir.

— Parlez ! ordonne aux coupables l'un des ingénieurs. Parlez ! Vous connaissiez l'effet de ces ondes ultracourtes dans la mer, vous saviez que les animaux sous-marins ne les supportent pas… et qu'elles feraient fuir les poissons ! À cause de vous, des dizaines de pêcheurs sont au chômage depuis des semaines !

Cette fois, les Compagnons ont compris. Ils restent bouche bée. Tidou se tourne vers Mady :

— Ton idée de tout à l'heure… c'était ça ?

— Oui, mais ça me paraissait tellement cruel que jamais je n'aurais osé le dire.

— Et qu'est-ce qui t'avait mise sur la voie ?

— Oh ! c'est simple, un rapprochement. Ces deux types se sont installés à la villa bleue en mars et c'est à partir de cette époque-là que les bateaux de pêche n'ont plus attrapé de poissons dans leurs filets.

— Formidable ! Mady, tu es formidable ! s'exclame le Tondu.

Mais Mady se contente de sourire en disant :

— Non, je n'y ai pensé que tout à l'heure et on n'est pas plus avancés puisqu'on ne sait pas pourquoi ils ont fait ça.

— Très juste, approuve l'adjudant qui a entendu. Très juste.

Les deux hommes se murent dans le silence. Puis, lassé par l'insistance des questions, Baruquet déclare qu'il s'agissait de simples expériences.

— Non, pas de simples expériences, coupe l'ingénieur Le Bihan. On ne poursuit pas les mêmes expériences pendant si longtemps, quand elles ont réussi. Vous *vouliez* que les poissons fuient la côte normande… Vous savez d'ailleurs très bien qu'ils se sont réfugiés de l'autre côté de la Manche, où les pêcheurs anglais, depuis le printemps, font des prises fabuleuses… Pourquoi avez-vous voulu mettre les pêcheurs français au chômage ?

Cette fois, les deux individus deviennent très pâles. Ils savent que l'ingénieur a compris leur manège. Ils se regardent, l'air embarrassé. Puis, le plus petit murmure à son complice :

— Il en sait déjà trop. Autant tout avouer... Parle ! puisque c'est toi qui as fabriqué l'appareil.

Baruquet secoue la tête.

— Non, c'est toi le responsable. Je t'avais bien dit que si ce petit jeu durait trop longtemps on finirait par avoir des ennuis.

Son complice soupire puis, enfin, accepte à parler.

— Baruquet et moi, on s'est associés à un marchand de bateaux pour gagner de l'argent. Notre but, c'est vrai, était de faire fuir les poissons de la côte normande pour forcer les pêcheurs à vendre leurs bateaux. Il nous suffisait de les racheter pour une bouchée de pain et de les revendre, beaucoup plus cher, aux pêcheurs anglais qui voyaient des bancs entiers de poissons arriver près de leurs côtes. C'est grâce aux expériences réalisées par Baruquet au laboratoire maritime de Cherbourg, qu'on a construit ce sonar qui a effrayé tous les poissons et les a éloignés dans un rayon d'une cinquantaine de kilomètres.

— Et bien sûr, compléta l'adjudant, vous vous partagiez les bénéfices de la vente des bateaux.

— Oh ! s'écrie Mady, qui ne peut pas se retenir, c'est horrible ! Comploter pour que de pauvres pêcheurs se retrouvent au chômage et sans argent. Vous devriez avoir honte !

Le ton ému de Mady semble toucher les coupables, qui baissent la tête.

Puis, se tournant vers les ingénieurs, la jeune fille demande :

— Vous pensez que les poissons reviendront ?

— Oui… mais il faudra du temps, plusieurs semaines, peut-être plusieurs mois.

— Pauvres pêcheurs !…

Un silence plane sur les Saint-Marcouf cernées par une mer qui s'agite. Cette fois, l'île du Large a entièrement livré son secret. Pourtant, les Compagnons, Hervé et Cécile osent à peine montrer leur joie : ils pensent aux malheureux pêcheurs qui souffriront encore un certain temps de la misère.

L'adjudant et les ingénieurs, eux, ne cachent pas leur soulagement, l'adjudant surtout, qui se tourne vers la bande en disant :

— Merci, les jeunes. Sans vous, qui sait combien de temps encore ces bandits auraient

continué leurs manœuvres diaboliques ? Mais comment l'idée vous est-elle venue de les soupçonner ?… Un hasard ?

— Oui, un hasard, répond Tidou. Un message au fond d'une bouteille, comme on en trouvait à une certaine époque…

Et il ajoute en désignant Flambart :

— On voulait mener une enquête pour savoir qui avait frappé si sauvagement ce pauvre homme…

Tidou ne finit pas. Il a peur d'avoir trop parlé. Mais l'adjudant a compris. Un sourire amusé se dessine sur son visage. Il s'approche de Flambart et lui pose la main sur l'épaule :

— Oui, je sais, cette île est un peu la vôtre et vous trouvez normal d'y mettre des pièges à lapins. Bah ! Ce n'est pas terrible. Je préfère fermer les yeux et penser que c'est un peu grâce à vous que je viens de réaliser le plus beau coup de ma carrière.

— Oh ! mer… merci, monsieur l'adjudant, bredouille le vieillard.

Après plusieurs vigoureuses poignées de main et quelques tapes amicales données à Kafi par les gendarmes et les ingénieurs, les prisonniers sont conduits vers l'hélicoptère où le pilote les pousse vers le fond, dans le recoin aux bagages.

Une hélice vrombit, puis il y a un sifflement aigu, les herbes s'affolent, et l'appareil décolle dans un ciel sombre, pour faire d'abord le tour de l'île en prenant de la hauteur, salué par le Tondu qui, agitant frénétiquement son béret, répond au geste de l'adjudant à travers le cockpit.

— Dire que, toute ma vie, les gendarmes m'ont fait peur, soupire alors Flambart. Vous avez entendu l'adjudant ?… Il m'a presque félicité d'avoir été sur l'île à poser des pièges. Ah ! quand j'aurai un nouveau canot !…

Mais pour les passagers du *Chahuteur*, il est temps aussi de repartir car la marée descend rapidement.

— Vite ! lance Hervé.

Tous dégringolent vers la crique où le bateau tire sur ses amarres comme si, lui aussi, était pressé de rentrer. La bande, au complet, se tasse à bord, comme elle peut, et le canot quitte les îles Saint-Marcouf. Encore ému par les événements, Flambard s'exclame, chipant le mot du Tondu :

— Vous avez été formidables !

Du coup, tous s'esclaffent de rire. Seul Kafi ne semble pas partager cette joie. On dirait qu'il se reproche encore de n'avoir pas mieux rempli son rôle de chien d'attaque. Alors, pendant que le

Chahuteur fend de son étrave blanche la mer houleuse, Tidou l'attire contre lui et lui murmure :

— Mais si, mon Kafi, tu as fait ce qu'il fallait en arrachant le revolver. On ne t'en demandait pas plus. Qui sait ce qui serait arrivé, sans toi ?…

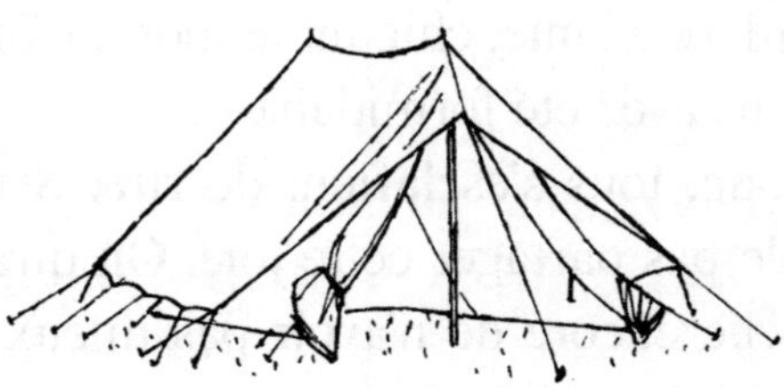

chapitre 16

Épilogue

Un automne gris a succédé à l'été. Puis, un hiver rude, jalonné de tempêtes, a balayé d'un vent violent les rivages du Cotentin. Le printemps, lui, a été doux et humide, comme souvent, en Normandie où les pommiers s'ornent de magnifiques bouquets blancs.

Et c'est au printemps, que le miracle est arrivé. Presque d'un coup, les poissons sont revenus près de la côte. Les pêcheurs qui avaient gardé leurs bateaux ont repris la mer. Ceux qui avaient dû vendre les leurs ont pu en acheter de nouveaux grâce à l'argent que la justice leur a remboursé. Les bandits ont été mis en prison, y compris leur complice, le vendeur de bateaux qui, en réalité,

était le vrai chef de la bande. La police l'a retrouvé et arrêté… et il a dû passer aux aveux.

Enfin, l'été est arrivé, avec ses foules de vacanciers et le petit port n'a jamais été aussi animé.

Aujourd'hui, 15 août, a lieu la traditionnelle fête de la mer qui avait été annulée l'année précédente, à cause de la situation dramatique des pêcheurs.

Mais, cet été, la vie du petit port s'est transformée. Le poisson est revenu, plus abondant même qu'avant, et le temps particulièrement beau a contribué à ce renouveau. Bien sûr, Hervé et Cécile sont là, aux « Hortensias » avec leurs parents pour qui cette fête marque la fin des vacances et qui repartiront après-demain, laissant leurs enfants seuls jusqu'à la mi-septembre.

Et les Compagnons, où passent-ils ce mois d'août ? Eh bien ! à Saint-Waast, eux aussi. Quand, l'année dernière, les pêcheurs apprirent qu'ils venaient de découvrir la cause de la disparition du poisson, tout le village a voulu les connaître. Malheureusement, pour ne pas manquer la rentrée scolaire à la Croix-Rousse, ils traversaient déjà la France sur leurs mobylettes.

Mais les villageois et les pêcheurs ne les ont pas oubliés. La mairie de Saint-Waast a voulu leur montrer sa reconnaissance. Elle a bien fait

les choses. La bande a été invitée à passer ce mois d'août à Saint-Waast, tous frais payés, voyage en train compris.

La lettre d'invitation était si aimable, que les jeunes Lyonnais ont tout de suite accepté et, aujourd'hui, pour la fête de la mer, ils doivent participer au défilé de chars à travers les rues. Les pêcheurs en ont décoré un, spécialement pour eux, qui représente un énorme poisson en carton long d'au moins dix mètres, qu'ils chevaucheront, coiffés de casquettes de marins, avec Hervé et Cécile. Pour les pêcheurs, ces jeunes sont leurs sauveurs. Ils tiennent à les remercier. Seul Flambart a refusé de participer à cette « comédie » comme il l'a appelée.

Dès leur arrivée, les Compagnons lui ont rendu visite. Depuis l'an dernier le vieux braconnier a repris sa vie sauvage et il en est heureux. Il a pu racheter un canot et, maintenant qu'il n'a plus peur des gendarmes, il ne se prive pas de retourner dans l'île redevenue son domaine.

Oui, c'est un grand jour de fête à Saint-Waast-la-Hougue. Une foule immense envahit les quais et les ruelles. Les pêcheurs des autres ports du Cotentin sont là aussi pour partager la joie de leurs camarades. Les baraques foraines, tirs, loteries, manèges, n'ont jamais été aussi nombreux sur les quais.

Tout le monde attend avec impatience le défilé des onze chars, plus fleuris les uns que les autres et représentant les bateaux les plus variés, allant du drakkar des « Nortmen » à la gondole vénitienne, en passant par la jonque chinoise : toute la gamme des embarcations à travers le temps et le monde.

Dès deux heures de l'après-midi, sous un soleil éclatant, la foule des villageois et des vacanciers se presse sur le quai où le premier char vient d'apparaître : le jonque chinoise, applaudie par les spectateurs. Puis suivent le deuxième – la gondole vénitienne –, le troisième, le quatrième… traînés par des tracteurs ou des chevaux majestueux.

Mais celui que tout le monde attend c'est le dernier, le gigantesque poisson, symbole de la nouvelle richesse du petit port normand. Ce poisson fabuleux ouvre une gueule si large qu'on a pu y installer Kafi… un Kafi complètement guéri qui, parfaitement à l'aise dans la gueule du monstre, attrape à grands coups de langue les confettis qu'on lui lance.

Cécile, Mady et les garçons, eux, assis les uns derrière les autres sur le dos de l'incroyable animal ont d'abord été gênés d'être applaudis comme des célébrités. Mais, dans l'ambiance de joie générale, ils répondent en souriant et avec des saluts de la main aux acclamations. Finalement, ils rient comme des fous quand les rubans de papier multicolores lancés de toute part s'entortillent dans leurs cheveux.

— Vive les Compagnons !...

Le Tondu, assis le dernier sur le dos du poisson, est ravi de sa casquette de marin. À un moment, il se penche vers Tidou et lui dit :

— Comment tu me trouves avec cette casquette ?... Elle me va formidablement bien... Si je la gardais pour remplacer mon éternel béret basque ?

— Non, le Tondu, sans ton béret tu ne serais plus vraiment toi.

Et le défilé continue de traverser la foule alors que là-bas, dans les îles Saint-Marcouf, dorées par le soleil, le vieux Flambart, qui un an plus tôt a failli mourir, rêve peut-être, non pas de pêches fantastiques, mais de chasses miraculeuses...

***Q**uels autres mystères*
***les S**ix **C**ompagnons*
doivent-ils résoudre ?

Pour le savoir,
regarde vite la page suivante !

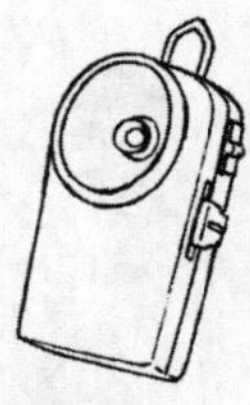

Pauvre Tidou ! Non seulement il doit déménager à Lyon, mais en plus son père lui interdit d'emmener Kafi, son chien adoré. Heureusement, dès la rentrée, il fait la connaissance des Compagnons de la Croix-Rousse, et la bande décide de l'aider ! Seulement ce n'est pas si simple, de faire venir un chien-loup en secret. Pas sans risques, non plus...

1. Les Six Compagnons de la Croix-Rousse

Cet hiver, les Compagnons partent en classe de neige ! Vive les randonnées et les descentes à ski ! Mais à peine arrivés à Morzine, Tidou et ses amis font une découverte inquiétante : une fillette recroquevillée dans la neige, au pied d'un sapin. Son petit corps est immobile et glacé... Que lui est-il arrivé ? Pour les Compagnons, un seul moyen de le savoir : il faut mener l'enquête !

2. Les Six Compagnons et l'homme des neiges

Les Six Compagnons passent l'été à Valence. Au cours d'une promenade dans un parc, ils font la connaissance d'un sympathique clochard. Mais dès le lendemain, une terrible rumeur envahit la ville : un enfant aurait été enlevé, en pleine nuit... et pour la police, il n'y a aucun doute : le nouvel ami des Six Compagnons est le suspect numéro un !

3. Les Six Compagnons et le mystère du parc

Un accident de voiture, un homme évanoui, et, quelques mètres plus loin, une montre cassée... pourtant le conducteur porte toujours la sienne. Bizarre ! Y avait-il une autre personne à bord ? Les Six Compagnons disposent d'un seul indice : la montre est de marque anglaise. Et si la solution se trouvait à Londres ? La bande n'hésite pas et saute dans le premier avion pour l'Angleterre !

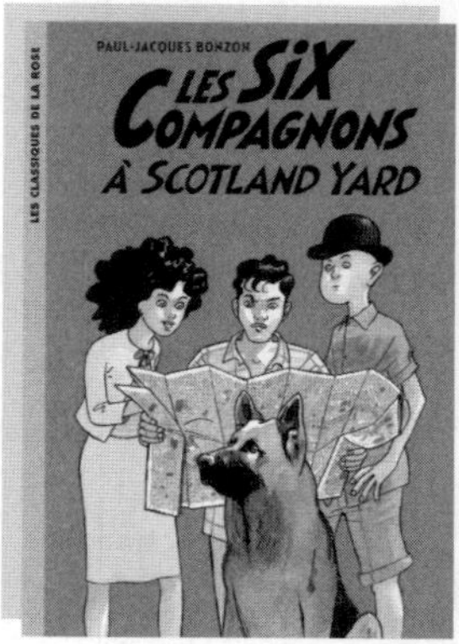

4. Les Six Compagnons à Scotland Yard

5. Les Six Compagnons au village englouti

Quand ils arrivent à Maubrac, où ils ont loué une maison, les Compagnons ont une mauvaise surprise : le lac a été asséché ! Mais, au fond du bassin, ils découvrent les ruines d'un ancien village... Que cachent ces pierres, englouties depuis tant d'années ? Et que cherchent les rôdeurs qui s'y aventurent la nuit ? Pour le savoir, il n'y a qu'une solution : mener l'enquête !

Table

« Pour l'éditeur, le principe est d'utiliser des papiers composés de fibres naturelles, renouvelables, recyclables et fabriquées à partir de bois issus de forêts qui adoptent un système d'aménagement durable. En outre, l'éditeur attend de ses fournisseurs de papier qu'ils s'inscrivent dans une démarche de certification environnementale reconnue. »

Composition *JOUVE* – 45770 Saran
N° 036078E

Imprimé en France par Jean Lamour – Groupe Qualibris
Dépôt légal : décembre 2010
20.20.2138.4/01 – ISBN 978-2-01-202138-9

Loi n° 49-956 du 16 juillet 1949
sur les publications destinées à la jeunesse.